Carlo Goldoni

Il contrattempo

IL CONTRATTEMPO

di Carlo Goldoni

Commedia di tre atti in prosa rappresentata per la prima volta in Venezia
il Carnovale dell'anno 1753.

A SUA ECCELLENZA
IL SIGNOR
GIO. BATTISTA CATTANEO
DEL FU ECCELLENTISSIMO SIG. NICCOLÒ
PATRIZIO GENOVESE

Molte sono le grazie ed i benefizi, che ho ricevuti dall'amorosissimo Signore Agostino Connio, mio Suocero, ma il maggiore fra questi si è l'aver io col suo mezzo il patrocinio dell'E.V. acquistato. Egli, che gode l'avvantaggio della di Lei protezione, ha ottenuto dal di Lei animo generoso un luogo per me fra gli umili servi suoi, e perché meglio conosca il pregio del benefizio, mi ha provveduto di maravigliose notizie intorno ai pregi altissimi dell'E.V. e della sua Nobilissima Casa. Alle voci rispettose e sincere del Suocero mio intesi dopo far eco da cento altre che da costì derivano, portando anche tra noi la fama le antiche glorie della di Lei Famiglia, e quelle recenti della di Lei sì illustre persona. Fra gli altri stimoli al desiderio mio di rivedere codesta Serenissima Dominante, il più forte, il più veemente è quello di presentarmi all'E. V., mio novello benignissimo Protettore, per ammirar da vicino quei pregi in Lei, che ora venero di lontano. Ma poiché i sofferti incomodi e le successive combinazioni dello stato mio non mi hanno permesso, né mi permettono presentemente di farlo, conviemmi differire a me medesimo un tal onore; ma almeno con quest'umile riverente foglio può pubblicare al mondo l'acquisto da me ora fatto di un sì eccelso, di un sì magnanimo Mecenate.

E questa sincera protesta mia non ad altro tende, se non se a farmele conoscere, che ben inteso son io della dolce maniera con cui Ella tratta, la gentilezza ammirabile del di Lei costume, il maturo di Lei consiglio, la singolar benignità, la sincerità del cuore suo, e l'onore che godo della di Lei protezione.

Poca lode a me sembra delle persone che vivono il far derivare la gloria loro da quella degli antenati; se ciò bastasse, chi più dell'E. V. vantar può in ogni secolo illustri Personaggi, amplissimi Senatori, Dogi eccelsi, che la Prosapia sua feconda resero di dignità e di grandezze? Né meno dalla ricchezza del patrimonio piacemi trar motivo per esaltare chi la possiede; ma ben l' E. V. merita essere lodato ed esaltato, perché sa essere umile fra le ricchezze, ed agli onori, che ha dagli Avi suoi ricevuti, sa rendere colle sue virtudi gloria e splendor maggiore.

Per dare all'E. V. un pubblico testimonio dell'ossequio mio, pensai di consacrarle una di quelle Commedie che do alle stampe, ma l'offerta è così tenue e meschina, che arrossisco di me medesimo, non trovandomi cosa da presentarle, che degna sia del di Lei merito e del di Lei grado.

Eppure mi anima farlo il fortunato incontro che hanno cotali Opere mie in codesta Serenissima Dominante ottenuto. Una Città sì colta, di peregrini ingegni fornita, in cui la letteratura ed il buon gusto fiorisce (niente meno del valor massimo e della vera giustizia), troppo onore ha fatto alle miserabili mie fatiche, accogliendole con sì distinto gradimento, che la fortuna han fatto de' Comici da me diretti, che nella Primavera passata, in uno di codesti Teatri, ne hanno parecchie rappresentate. Doveva io pure trovarmi in tale occasione a godere di grazie cotanto segnalate, ed ebbi cento amorosi eccitamenti, e stimoli, e pressantissimi inviti, ma volle il destino che una malattia di due mesi mi togliesse un sì bel contento.

Godei non per tanto delle relazioni all'onor mio vantaggiose, e queste mi hanno eziandio incoraggito a presentare all'E. V. un di que' parti medesimi, che costì sono dall'universal compatiti. Può essere per avventura, che questa tale Commedia che all'E. V. umilmente dedico e raccomando, non sia costì per se stessa delle più fortunate nel pubblico gradimento, ma lo sarà ben Ella a riguardo del magnanimo Mecenate, che le ho per gloria mia procurato.

Sono tutte mie figlie le Commedie che vo facendo, e le amo tutte egualmente. Esse, a guisa appunto delle Fanciulle (le quali, se hanno dei tratti odiosi per essere disprezzate da alcuno, hanno poi qualche grata avvenenza per allettar alcun altro) trovano sorte varia per lo più dove, o per via delle stampe, o da Comici Attori vengono pubblicate. Se questa in Genova non avrà fortuna, sarà segno che demerito avrà maggior delle altre; se dispiacerà all'E. V., ne risentirò maggior pena; e siccome nel destinare l'offerta delle Opere mie non uso a far di esse la scelta, ma l'ordine serbo, nello stamparle, che a principio ho loro prefisso, così non avrò io a rimproverarmi d'aver errato.

Che se anzi voless'io riflettere sull'argomento della Commedia medesima, giungerei forse a credere, che ad un Cavaliere di tanta saviezza non sia per dispiacere la critica di coloro che per poca prudenza commettono de' contrattempi, e si rovinano, e alle persone oneste odiosi si rendono. Qualunque ella sia l'Opera che della protezione dell'E. V. viene onorata, averà sempre il fregio di portare il di Lei Nome in fronte, ed io sarò compiutamente felice, se potrò gloriarmi di essere, quale con profondissimo ossequio mi rassegno,

Di V. E.

Umiliss. Divotiss. ed Obbligatiss. Serv.

CARLO GOLDONI

L'AUTORE A CHI LEGGE

Questa Commedia, che ora s'intitola *Il Contrattempo*, o sia *Il Chiacchierone Imprudente*, è quasi la medesima che col titolo soltanto d'*Uomo Imprudente* fu data ai Comici, e fu sul Teatro rappresentata. Avendo io voluto dipingere un uomo che fosse in tutte le azioni sue imprudente, mi riuscì il carattere trasportato un po' troppo, lo che dispiacque ai più delicati, e meritai che *Momo* nel *Museo d'Apollo*[1] lo dichiarasse un pazzo. Trovai la critica così giusta, ch'io m'indussi da me medesimo a moderar il carattere dell'imprudente, e un altro aspetto gli diedi. Come! (dirammi forse taluno) non sei ancora arrivato a distinguere la verità dei caratteri dalla disorbitanza? Dopo tante Commedie fatte, hai tu bisogno ancora dell'altrui critica per rilevarne i difetti? Rispondo, Lettor carissimo, che ne ho bisogno pur troppo, e non solo io sono in tale necessità costituito, ma tutti quelli che scrivono, e i più consumati Scrittori ancora; e da quelli che si acquistarono fama colle Opere loro imparare possiamo, che se prima di esporle avessero avuto la buona sorte di sentir le amorose critiche degli uomini di giudizio, le averebbono migliorate, e fra le buone e lodate non ne averebbono lasciato correre tante altre, che poco o nulla si stimano. Facilissima cosa è, che qualunque Autore si inganni, e creda ragionevole e verisimile ciò che ad altri parrà eccedente. Basta innamorarsi di un carattere grande, e volerlo in varie viste dipingerlo, facilmente si cade senz'avvedersene nella disorbitanza: e non val nemmeno il fidarsi dell'esempio di qualche Originale stravagante, che ci somministri l'idea, poiché l'universale non vuole sopra le Scene un vero estraordinario, ma un verisimile più comune. Al facile inganno degli Scrittori por rimedio potrebbe la saggia discreta critica, se questa in tempo loro giungesse e da sincero animo derivasse, ma per lo più, o sono eglino adulati con falsa lode, o sono con pungente satira vilipesi; nel primo caso si fidano troppo de' falsi amici, nel secondo agl'inimici non credono.

Un savio censore, un discreto onorato critico, sarà sempre un tesoro per chi dee al pubblico esporsi, e guai a coloro che prosontuosi e superbi non degnano porgere altrui l'orecchio, e sfuggendo le correzioni in privato soffrono poi dal pubblico meritamente le derisioni.

Io voglio dar a me medesimo questo vanto d'essere de' più arrendevoli ai buoni consigli di quelli che per mio bene mi parlano, più contento di errare coll'oppinione altrui, che arrischiare l'evento per ostinazione.

Ho dunque cambiato in parte il carattere di un imprudente che potea passar per un pazzo, e l'ho ridotto ad un Chiacchierone imprudente, che si rovina coi contrattempi. Ciò non ostante sarà egli un *pazzo*, poiché ciò può dirsi di tutti quelli che non regolandosi con saviezza, si lasciano dominare dalle passioni e dai vizi, ma in tutte le cose vi è il più ed il meno, e può essere che io lo abbia moderato bastantemente. Qualunque sia per riuscire al gusto de' leggitori una tal Commedia, vorrei però venisse il carattere ben bene considerato di colui che parla troppo, e con imprudenza. In verità parecchi conosco io, che hanno bisogno di studiarvi sopra, e far a se medesimi delle applicazioni morali, e delle salutevoli correzioni. Quanti, per dire una barzelletta, non si guardano dal disgustare una persona che può far loro del bene! Oh quanti, per dir i fatti loro a chi non li dovrebbe sapere, si rendono ridicoli e pregiudicano all'interesse, alla riputazione e al decoro! E quanti parlando male d'altrui ne' pubblici luoghi, sono da que' medesimi che prendono a criticare, o veduti, o uditi? A me medesimo è accaduto più volte sentir dir male di me in mia presenza, senza essere conosciuto. Due anni sono in Bologna, arrivato colà appena in tempo che dalla Compagnia de' Comici del Medebach recitavansi da un mese in circa le mie Commedie, andai in un Caffè a trattenermi, ove non era io conosciuto. Entra poco dopo di

---

1   *Il Museo d'Apollo*, graziosissimo Poemetto di un dottissimo Cavaliere Veneziano, a cui è dedicata la Commedia trentesima di questa Edizione. Per Francesco Pitteri. Venezia 1754.

me un Forestiere, e dice forte: *Signori, una nuova: a Bologna è arrivato il Goldoni*. Risponde uno de' circostanti: *Non me n'importa niente*, e se ne va di bottega. Da lì a non molto, giunse colà un Bolognese, che senza conoscermi mi volea bene (siccome tutti in Bologna, a riserva di pochi, hanno per me dell'amore e della bontà moltissima); corsegli incontro il Forestiere suddetto, e dissegli con certo riso sul labbro, che aveva ancor dell'equivoco: *Ehi! È arrivato Goldoni*; rispose il cortesissimo Bolognese: *L'ho molto caro, lo vedrò volontieri*. Al che soggiunse quell'altro, col riso un poco più tendente all'ironico: *Oh sì: vedrete una bella cosa!* Continuò poscia incalzando: *Che ne dite delle sue Commedie? - Mi piacciono* dissegli il Bolognese, e tanto bastò perché sparisse affatto un'ombra di riso dal labbro turgido del Forestiere, e scaricasse egli un monte d'ingiurie contro le povere Opere mie. Cheto, cheto me ne stava io, godendo le grazie di quel mio padrone, allora quando entra un amico mio, e mi dice: *Benvenuto, dottor Goldoni*. Arrossii io medesimo per colui, che rimase mortificato, escì dalla bottega immediatamente, e moralizzando sul fatto col camerata, si declamò contro l'imprudenza. Cent'altri casi simili accaduti mi sono in Venezia principalmente, in occasion delle Maschere, ai Teatri, ai Caffè, per le strade e nello strepitoso Ridotto. Questo è quell'ampio luogo, in cui fra tante savie persone che vi concorrono per onesto divertimento, si affollano i disperati e gli oziosi, i quali avendo mascherata la faccia, credono aver mascherata la lingua ancora, per non essere riconosciuti parlando. Dicono i fatti loro a chi non cura saperli, e framischiano con i loro anche i fatti degli altri, e a questi aggiungono la favoletta e il frizzo bizzarro per comparire spiritosi. Colà decidono della reputazione d'un uomo, e lo hanno talora dietro le spalle a fremere ed ascoltarli. *Goldoni ha terminato di far Commedie* (disse uno di questi tali una sera); *finora ha rimuginato un magazzino di Commedie vecchie: queste sono finite, ed egli è in secco*. Bella cosa s'io avessi allora risposto: *Signora Maschera, un'altra Commedia la farò certo, somministrandomi voi l'argomento colla vostra imprudenza!* Ma se non l'ho detto, può darsi ch'io l'abbia fatto, e che in questo picciolo ritrattino egli ancora si riconosca. Da che potrà arguire la *Signora Maschera*, qual sia il magazzino da dove prendo le mie Commedie, per le quali non mancheranno mai argomenti, fino che dura il Mondo.

PERSONAGGI

7

BEATRICE *vedova.*

OTTAVIO *ospite nella di lei casa.*

CORALLINA *serva.*

PANTALONE *mercante veneziano.*

ROSAURA *sua figliola semplice.*

FLORINDO *amante di Rosaura.*

LELIO *pretendente di Beatrice.*

BRIGHELLA *amico di Ottavio.*

LEANDRO *poeta ridicolo.*

GIANNINO *caffettiere..*

Lo SPENDITORE *di Pantalone.*

Un SERVITORE *di Beatrice.*

La Scena si rappresenta in Bologna.

ATTO PRIMO

SCENA PRIMA

Camera di Beatrice con tavoletta.

BEATRICE *alla tavoletta,* CORALLINA *che la serve.*

BEAT. Guarda un poco, Corallina, che ti pare di questi nèi? Li ho io distribuiti bene?

COR. La distribuzione è bella e buona, ma la novità mi fa un poco di specie.

BEAT. Qual novità? I nèi non li ho mai portati?

COR. Sì signora, li avete portati quando viveva il padrone, ma dacché siete vedova, quest'è la prima volta.

BEAT. E una volta si doveva ricominciare.

COR. Non sono ancora tre mesi...

BEAT. Basta così; dammi quel fiore color di rosa.

COR. Color di rosa?

BEAT. Sì, quello che ieri mi ha comprato il signor Ottavio.

COR. (Già l'ho sempre detto, per causa del signor Ottavio si fa ridicola). (*da sé; va a prendere il fiore*)

BEAT. Dice bene il signor Ottavio, il bruno mi fa attempata. Finalmente l'ho portato tre mesi, basta così; una vedova della mia età non si ha poi da sagrificare per complimento.

COR. Eccolo, signora. (*le presenta il fiore*)

BEAT. È veramente grazioso. (*prendendolo*)

COR. Basta che l'abbia comprato il signor Ottavio.

BEAT. Sì, il signor Ottavio è di buon gusto.

COR. Sarà. (*stringendosi nelle spalle*)

BEAT. Ma che diavolo hai con questo galantuomo, che non lo puoi vedere?

COR. È vero, signora; non lo posso soffrire.

BEAT. Qualche cosa ti averà fatto.

COR. Dal primo giorno che egli è venuto in questa casa, mi è sempre dispiaciuta la sua maniera.

BEAT. Eppure è un uomo di spirito, parla bene, ha della civiltà.

COR. Civiltà poca.

BEAT. Ma perché dici questo?

COR. Domandatelo alla cuciniera.

BEAT. E così?

COR. E così, quando Brighella lo ha condotto ad alloggiare in casa vostra (che piuttosto si fosse rotta una gamba), gli sono andata incontro, e gli ho fatto quelle onestà che al mio grado si convenivano; sapete che cosa ha detto a Brighella, in presenza della cuciniera? Colei non mi piace: è troppo dottora.

BEAT. Ah, ah, ah. (*ride*) E per questo non lo puoi vedere? Via, via, non è niente.

COR. Pazienza! Sia maladetto Brighella.

BEAT. Come c'entra Brighella?

COR. S'egli non l'avesse introdotto, non ci sarebbe.

BEAT. Sono obbligata a Brighella, che mi ha fatto appigionare l'appartamento terreno.

COR. Oh sì, che non l'avereste appigionato a qualcheduno della città!

BEAT. Niuno mi avrebbe dato due doppie al mese.

COR. Quante ne avete avute di queste doppie?

BEAT. Sono due mesi ch'è qui; ho subito da domandar la pigione? Ho da mostrar di averne bisogno?

COR. Le pigioni si pagano avanti tratto. Ma so io perché non paga.

BEAT. Perché?

COR. Perché è uno spiantato maladetto, che non ha un soldo.

BEAT. I fatti suoi non si sanno.

COR. Niuno li può sapere meglio di voi.

BEAT. Io? Perché?

COR. È un mese che gli date da mangiare a ufo.

BEAT. Orsù, a te non tocca a entrare in ciò. O muta stile, o vattene di casa mia.

COR. Compatitemi; ho dell'amore per voi.

BEAT. Picchiano. Va a vedere chi è.

COR. Oh signora padrona, pensateci bene.

BEAT. Via, spicciati.

COR. Quando è fatta, è fatta.

BEAT. Come? Che vorresti tu dire?

COR. Non vi mancheranno partiti.

BEAT. Io non penso a rimaritarmi.

COR. Ne ho io per le mani...

BEAT. Ma spicciati.

COR. Ma il signor Ottavio...

BEAT. Va al diavolo.

COR. Non vi merita.

BEAT. Ti do uno schiaffo.

COR. Vado, vado, pazienza. (*mortificata s'incammina*) Sì, è un ciuco di prima classe. (*forte a Beatrice, poi parte*)

SCENA SECONDA

BEATRICE *sola.*

BEAT. Gran temeraria è costei! È vero che mi ama, e quel che dice procede da amore, ma è troppo insolente; non distingue i termini, le convenienze, il rispetto. Ottavio ha il suo gran merito. Voglio credere che in qualche occasione la sua franchezza gli abbia alquanto pregiudicato, ma finalmente la sua virtù lo farà risorgere. Se otterrà egli in Bologna un impiego che gli convenga, sarà facile ch'io condescenda a sposarlo. Un anno solo m'obbliga il testamento alla vedovanza per conseguire il legato. Son passati tre mesi, passeranno anche gli altri nove.

SCENA TERZA

BRIGHELLA *e la suddetta.*

BRIGH. Servitor umilissimo.

BEAT. Oh Brighella, che vuol dire che son due giorni che non ti vedo?

BRIGH. Ho avudo un poco da far, e adesso son qua a darghe una bona nova.

BEAT. Toccante forse il signor Ottavio?

BRIGH. Appunto, una bona nova de lu. S'ha trovà un impiego, e el starà ben.

BEAT. Davvero? Me ne rallegro. Che impiego ha egli ottenuto?

BRIGH. El sarà primo ministro del negozio del sior Pantalon dei Bisognosi.

BEAT. Ma come, se egli mi ha detto più volte, che di mercatura non se ne intende?

BRIGH. Eh, che quella testa sa de tutto. L'è un omo pronto, no ghe manca chiachiare. Sior Pantalon l'ha sentido a parlar, e el s'ha incantà; el gh'ha scomenzà a infilzar suso trenta o quaranta termini mercantili con franchezza, con spirito, tanto che sior Pantalon s'ha voltà, e l'ha dito: oh che omo de garbo!

BEAT. Non vorrei ch'egli si mettesse all'impegno, e poi restasse con vergogna.

BRIGH. Eh via! No la ghe fazza sto torto. L'è un omo che sa de tutto; e po, quel che nol sa, l'è capace de impararlo in t'un bader d'occhio.

BEAT. Come ha fatto a introdursi dal signor Pantalone?

BRIGH. Mi l'ho introdotto. Ho savesto che el primo zovene del sior Pantalon s'aveva licenzià. Ho domandà a sior Ottavio se el giera negozio per lu, el m'ha dito de sì. L'ho menà a drittura dal mercante, i s'ha parlà e come che ghe diseva, presto, presto i s'ha convegnù.

BEAT. Io resto attonita. Quanto gli darà di salario?

BRIGH. Per el primo anno tresento scudi all'anno, e po a misura del so merito i crescerà.

SCENA QUARTA

CORALLINA *ed i suddetti.*

COR. Signora padrona, voglio andarmene in questo momento.

BEAT. Sei pazza?

COR. Il signor Ottavio m'ha detto...

BEAT. Dov'è il signor Ottavio?

COR. È qui; è venuto ora, e m'ha detto...

BEAT. Digli che venga qui subito.

COR. Senta che cosa m'ha detto.

BEAT. Che tu sia bastonata; Brighella, andate voi, fatelo venire.

BRIGH. La servo subito.

COR. Il diavolo ti porti. (*dietro a Brighella*)

BRIGH. Disela a mi, padrona? (*a Corallina*)

COR. Sì, a voi, che avete condotto in casa quella bella gioja.

BRIGH. Come sarave a dir?

BEAT. Andate, andate; non le badate, è pazza.

BRIGH. Gh'avì rason... basta... (*parte*)

SCENA QUINTA

BEATRICE *e* CORALLINA

BEAT. Via, che cosa ti ha detto il signor Ottavio?

COR. Ha picchiato, ero in camera vostra che rifacevo il letto, e non l'ho sentito.

BEAT. Sei una balorda.

COR. È venuto su come un diavolo, e mi ha detto, che tu sia maledetta.

BEAT. Te lo meriti.

COR. Io gli ho risposto: Non vede? Rifaccio il letto della padrona.

BEAT. Sempre scuse.

COR. Ed egli ha detto: Sia maledetta anche la tua padrona.

BEAT. Indegna! Non può essere.

COR. L'ha detto in coscienza mia.

BEAT. Vattene, o ti rompo il capo.

COR. Eccolo; lo sosterrò in faccia sua.

SCENA SESTA

OTTAVIO *e le suddette.*

BEAT. Che motivo avete voi di maledirmi? (*ad Ottavio*)

OTT. E subito lo viene a riportare. (*a Corallina*)

COR. Parli bene, se non vuole che si riporti.

BEAT. Voi dunque mi avete maledetta?

OTT. Eh, compatitemi: non so nemmeno io che cosa mi abbia detto. Venivo a casa con premura per darvi una buona nuova, e mi hanno fatto battere un quarto d'ora: avrei maledetti anche tutti li miei parenti.

COR. Guardate se queste sono cose d'andar in collera!

BEAT. Maledire una donna, che ha per voi tanta stima?

OTT. Ma se l'ho detto senza riflettere a quello che mi dicessi! Signora Beatrice, ho da darvi una buona nuova.

BEAT. La nuova veramente è bellissima.

OTT. L'avete saputa?

BEAT. Sì, l'ho saputa. Una maledizione in ricompensa delle mie attenzioni.

OTT. Ho inteso. La riverisco divotamente. (*in atto di partire*)

COR. (Oh, almeno se n'andasse davvero). (*da sé*)

BEAT. Dove si va, signore?

OTT. Dove il diavolo mi porterà.

COR. (Diavolo, portalo lontano assai). (*da sé*)

BEAT. Non credevo mai, che dalla vostra bocca escissero maledizioni contro di me.

OTT. Ma, cara signora Beatrice, la bocca parla talora senza che l'uomo pensi. Il mio cuore vi benedice. Costei è un'indegna. (*a Corallina*)

COR. Portatemi rispetto, signore: io non ho fatto che il mio dovere.

OTT. Tu dovevi conoscere ch'io era in collera, e non dovevi riportare alla padrona quello ch'io aveva detto senza pensare.

COR. Se foste un uomo prudente, non parlereste senza pensare.

OTT. Questa mattina son fuor di me stesso. L'allegrezza ha messo in moto i miei spiriti con tanta violenza, che non son padrone di regolarli. Ho trovato un impiego; sarò provveduto di uno

14

stipendio onorevole. Potrò corrispondere in qualche parte alle mie obbligazioni con voi. Anche con Corallina farò il mio dovere. Mi serve, è giusto che le sia grato. Sì, son grato, signora Beatrice, e son tutto vostro, e potete di me disporre; ma compatite un involontario trasporto. Il dolore avvilisce gli animi, l'allegrezza sublima il cuore. L'uomo avvilito prima pensa, e poi parla; l'uomo brillante prima parla, e poi pensa. Ma delle mie parole, dei miei trasporti, delle mie pazzie, eccomi qui, chiedo scusa, domando perdono, compatitemi per carità.

BEAT. (Chi non si moverebbe a pietà?) (*guardandolo amorosamente*)

COR. (La vedovella pietosa!) (*da sé*)

OTT. Mi perdonate? (*a Beatrice*)

BEAT. Non parliamo altro. Avete dunque ottenuto l'impiego?

OTT. Vi dirò: Brighella mi ha introdotto dal signor Pantalone...

BEAT. Sì, lo so, me lo ha detto Brighella istesso. Ma voi come vi compromettete di riuscire in un carico, di cui non avete i princìpi?

OTT. Eh, questi si acquistano presto. Basta ch'io vada tre o quattro volte al negozio, che dia un'occhiata ai libri, alle lettere, alla scrittura, m'impegno in quattro giorni di diventare maestro.

COR. (Temerità, presunzione). (*da sé*)

BEAT. Prego il cielo che ciò segua. L'impiego è buono, e col tempo si farà migliore.

OTT. Ora sì ch'io spero non partir mai più di Bologna.

BEAT. Caro signor Ottavio, sapete quel che vi ho detto.

OTT. Ecco il tempo di effettuare il nostro progetto...

BEAT. (Zitto, non fate che Corallina vi senta). (*piano*)

OTT. Con un impiego di questa sorta posso sperare che voi...

BEAT. (Zitto, Vi dico). (*come sopra*)

COR. (Ho paura che lo voglia sposare; se ciò succede, vado via subito). (*da sé*)

BEAT. Ma di questo impiego bisogna che bene vi assicuriate.

OTT. Son sicurissimo. Il signor Pantalone, in due volte che gli ho parlato, si è innamorato di me; e quante finezze non mi ha fatto la di lui figliuola! La signora Rosaura la conoscete?

BEAT. Sì, la conosco.

OTT. Che bella ragazza! È un poco sempliciotta, ma è graziosissima. Ha un viso delicato, una maniera dolce; in verità mi ha sorpreso.

BEAT. (Temerario! in faccia mia?) (*da sé*)

COR. (Oh che asino!) (*da sé*)

OTT. Signora, non credo già che lo abbiate per male ch'io dica la verità. Non fo torto a voi, se dico che la signora Rosaura è una giovinetta graziosa...

BEAT. Andate dunque da lei, e non mi comparite più davanti. (*parte, e chiude la porta*)

SCENA SETTIMA

OTTAVIO *e* CORALLINA

COR. (L'ho pur caro). (*da sé*)

OTT. Oh, quest'è bella! Non vuol che si dica la verità; che ne dici tu, Corallina?

COR. Lo dico che la mia padrona ha ragione.

OTT. Siete due pazze insieme.

COR. Pazza anche la mia padrona?

OTT. Via, le anderai a riportar anche questo?

COR. Perché no? Ella mi dà il salario, e voi non mi date niente.

OTT. Non dubitare, non avrai gettati meco i tuoi servigi: non mi rimproverar d'avvantaggio. Ti regalerò.

COR. Compatitemi, è stata poca prudenza la vostra, lodar in quella maniera la signora Rosaura in faccia della mia padrona.

OTT. Sì, è vero; voi altre donne vorreste essere al mondo sole.

COR. Dirle che è bella, graziosa, giovinetta!

OTT. Ma che? La signora Beatrice si vorrebbe mettere con lei?

COR. La signora Beatrice ha il suo merito.

OTT. Sì, ha il suo merito, è vero. Ma non si può negare che la signora Rosaura non sia più giovine e più vezzosa.

COR. Dunque stimate la signora Rosaura, e disprezzate la mia padrona?

OTT. Non è vero; io stimo tutte due, ma dico la verità.

COR. Non sapete, signore, che la verità partorisce odio?

OTT. Quest'effetto lo fa negli sciocchi.

COR. Ho veduto che la padrona è partita in collera.

OTT. Via, via, di' alla signora Beatrice che vado a stabilire il negozio col signor Pantalone, e a pranzo le dirò tutto. Metti colla padrona delle buone parole per me; e se fai qualche scoperta, avvisami, confidami tutto; e non dubitare, che hai da fare con un uomo grato, con un uomo prudente. (*parte*)

16

SCENA OTTAVA

Corallina *sola.*

COR. Sì, in verità egli è il padre della prudenza. Si può far peggio? Ha bisogno della padrona, e egli la maledice, le dà gelosia e la disprezza. In questa maniera non la durerà in nessun luogo.

SCENA NONA

Lelio *e la suddetta.*

LEL. Corallina, vi do il buon giorno.

COR. Serva umilissima, signor Lelio.

LEL. Dov'è la vostra padrona?

COR. È in camera ritirata.

LEL. Ha qualche cosa che la disturba?

COR. Io credo di no, signore.

LEL. Ed io credo di sì.

COR. Che cosa crede possa ella avere?

LEL. Disgusti col signor Ottavio.

COR. Oh, pensi lei.

LEL. Sì, è così senz'altro: ella lo ama, ed ei se ne ride; basta dire, che per farla disperare, le loda in faccia una ragazza più vezzosa e più giovanetta di lei.

COR. Chi ve l'ha detto, signore?

LEL. Chi? Egli medesimo.

COR. Come? Quando?

LEL. Ora, in questo momento; l'incontro in sala, gli domando che fa la signora Beatrice, ed egli mi racconta questa bella istoriella.

COR. Oh che uomo senza giudizio!

LEL. Mi maraviglio che la signora Beatrice lo soffra.

COR. Gliene fa tante, che dovrebbe alfine stufarsene.

LEL. E il mondo dice che lo voglia sposare.

COR. Ma!

LEL. Che dite voi? Credete che ciò possa succedere?

COR. S'ella non averà giudizio, succederà pur troppo.

LEL. La signora Beatrice merita miglior fortuna.

COR. Caro signor Lelio, come si potrebbe fare a far che la mia padrona aprisse gli occhi, e lo mandasse al diavolo?

LEL. Se la signora Beatrice facesse stima di me, come io faccio stima di lei, troverebbe meco le sue convenienze.

COR. Volete che io gliene parli?

LEL. Sì, ditele qualche cosa; mi farete piacere.

COR. Per voi lo farò volentieri, ma per il signor Ottavio non lo farei nemmeno se mi regalasse.

LEL. Vi ha detto anche lui qualche cosa?

COR. Potete immaginarvelo; mi ha detto: parla per me alla tua padrona, che ti donerò due zecchini.

LEL. Due zecchini? Se non ne ha...

COR. Me li ha mostrati. Ma io niente. Per lui no, ma per il signor Lelio sì.

LEL. (Costei mi vorrebbe mangiar due zecchini). (*da sé*)

COR. (È duro). (*da sé*)

LEL. Via dunque, giacché avete tanta bontà per me, parlatele, e poi saprò il mio dovere.

COR. Oh sì, volentieri, piuttosto uno zecchino da lei, che due dal signor Ottavio.

LEL. Il zecchino vi sarà, parlatele.

COR. Sì signore, le parlerò. (*freddamente*)

LEL. Ma quando?

COR. Uno di questi giorni. (*come sopra*)

LEL. Bisogna sollecitare.

COR. Così diceva anche il signor Ottavio, e mi poneva in mano i due zecchini, ma io niente.

LEL. Ma per me, se vi porrò in mano uno zecchino, lo farete?

COR. Per lei che diamine non farei?

LEL. (La sa lunga. Bisogna darglielo). (*da sé*)

COR. (Se non l'ho adesso, non l'ho mai più). (*da sé*)

LEL. Tenete. (*le vuol dar il zecchino*)

COR. Che fa ella?

LEL. Tenete.

COR. Eh via. (*mostra ricusarlo*)

LEL. Tenete, dico.

COR. No davvero.

LEL. Se poi nol volete... (*lo ritira*)

COR. Ma che cosa è?

LEL. Un zecchino.

COR. In verità, avevo paura che fossero due.

LEL. No, non vi farei questo torto.

COR. Senta, lo prendo per non parere superba, ma non si avvezzi a dirmi di queste cose. Quando mi parlano di regali, vengo rossa.

LEL. E quando ve li danno senza parlare?

COR. Oh, allora poi è un altro conto. Vado subito dalla padrona. (*parte*)

SCENA DECIMA

LELIO *solo.*

LEL. Non è niente farmi mangiare dieci o dodici zecchini da costei per acquistar, se posso, la signora Beatrice. Ho piacere d'avere scoperto quello che passa fra lei ed Ottavio, e una tal notizia mi farà invigilare, perché non seguano clandestinamente le loro nozze. Colui era vicino a conseguire con un tal matrimonio una ricca dote, ma non la merita, perché non sa custodire un arcano, da cui dipende la sua fortuna. (*parte*)

SCENA UNDICESIMA

Camera di negozio in casa di Pantalone, con tavolino, scritture, libri ecc.

PANTALONE *e* FLORINDO

PANT. Caro sior Florindo, mi no so cossa dir. Me despiase de no poderve consolar. Se ve nego mia fia, no lo fazzo per poca stima della vostra persona, ma credème, lo fazzo anca per vostro ben. Rosaura no la xe putta da maridar. La xe troppo semplice. Nol xe negozio per vu.

FLOR. Ma io, signore, son contentissimo di pigliarla così. Ho piacere che sia di temperamento modesto e quieto.

PANT. No, caro fio, no la xe solamente modesta, ma la xe gnocchetta. Per una casa no la xe bona, ghe l'ho dito anca a mio compare che me l'ha domandada in nome vostro, e l'istesso ve digo a vu, che no contento della risposta del mediator, vegnì in persona a domandarmela la segonda volta.

FLOR. Sono venuto io in persona, per dirvi che la prenderò in ogni forma.

PANT. Vu, compatime, gh'avè poco cervello; fio mio, a dir de sì se fa presto, e po se se pente, co no ghe xe più remedio. Se avessi da far con un pare de bon stomego, el ve la petterave senza difficoltà: ma mi son galantomo, son un omo de onor, e non intendo de precipitar una casa.

FLOR. Ma, signore, mia moglie non averà da far niente in casa. Vi sono le serve, che fanno tutto.

PANT. Eh putto caro, co la parona no gh'ha giudizio, le serve no gh'ha cuor de tegnir una casa in piè. L'economia, la bona regola xe quella che mantien le fameggie. E po, caro fio, i fioi che nasse, co i nasse da una mare allocchetta, se va a rischio che i butta sempiotti. Bisogna pensar a tutto.

FLOR. Dunque la signora Rosaura non la volete maritare?

PANT. Sior no, no la vôi maridar. La vol andarse a retirar colle so àmie; la gh'ha sta inclinazion, e mi lasso che la ghe vaga, e no ghe vôi più pensar.

FLOR. Basta; volendola maritare, spero che non farete a me questo torto.

PANT. Co l'avesse da maridar, la daria più tosto a vu che a un altro.

FLOR. Non so che dire. Vi vuol pazienza.

PANT. Aveu paura che ve manca putte? Ghe ne troverè de quelle poche.

FLOR. Ma questa mi dava tanto nel genio! Mi piace tanto la sua modestia, la sua bontà!

PANT. Xe vero, la xe bona, la xe modesta, ma no la xe da marìo.

FLOR. Eccola che viene qui. Mi permette che io resti per un momento?

PANT. Restè pur; ghe son mi; no ghe xe gnente de mal.

20

SCENA DODICESIMA

ROSAURA *con una bambola, e detti.*

ROS. Signor padre, guardate la bella cosa che mi ha mandato a donare la signora zia. (*gli mostra la bambola*)

PANT. Sì, fia, bella; devertive. (Oe, la zoga alle piavole). (*a Florindo*)

FLOR. (Che bella innocenza!) (*da sé*)

ROS. E mi ha mandato a dire che mi aspetta; che vada, che giocheremo all'oca.

PANT. Sentìu? (*a Florindo*)

FLOR. Dunque la signora Rosaura vuole andare a stare colle signore zie?

ROS. Sì, signore, vuol venire ancor lei?

PANT. Ah, ah, ah, cossa diseu? (*a Florindo, ridendo*)

FLOR. Se potessi, verrei.

ROS. Lo dirò alla signora zia, giocheremo all'oca.

PANT. Via via, basta cussì. Andè in te la vostra camera.

ROS. Signor padre, vi vorrei dire una cosa.

PANT. Cossa me voleu dir?

ROS. Non voglio che il signor Florindo senta.

PANT. Caro sior, con grazia. (*a Florindo, scostandosi*)

FLOR. Vi leverò l'incomodo.

PANT. Tutto quel che volè.

FLOR. Servo signor Pantalone.

PANT. Ve reverisso. El cielo ve daga ben.

FLOR. Signora, le son servo. (*a Rosaura*)

ROS. Padrone riverito.

FLOR. (Mi piace tanto, che ad ogni costo la sposerei). (*da sé, parte*)

SCENA TREDICESIMA

PANTALONE *e* ROSAURA

PANT. E cussì, fia mia, cossa me voleu dir?

ROS. Non me ne ricordo più.

PANT. Oh bella! Gh'avè sta bona memoria.

ROS. Ah sì, ora me ne ricordo. Ho fame.

PANT. Xelo questo quel che m'avè da dir?

ROS. Questo, questo.

PANT. E no se podeva dirlo in presenza de quel sior?

ROS. Mi vergogno.

PANT. Va là, va là, marzocca, va da to àmie, che ti starà ben.

ROS. Oh, un'altra cosa, signor padre, ma in verità questa preme assai.

PANT. Cossa xela?

ROS. Ho bisogno di quattro baiocchi per giocare all'oca.

PANT. (Da una banda la me fa rider). (*da sé*) Tolè, ve ne dago diese.

ROS. Oh belli, oh cari! Li voglio mettere nella mia borsetta. Questa bambola m'intrica, e non la vorrei guastare. Sta lì, carina, e aspettami, che or ora ti vengo a pigliare, sai? Cara, com'è bellina! (*la mette sul tavolino*)

PANT. (Vardè se la par mai una putta de disdott'anni! Gnanca una fantolina da latte. E quel putto el la voleva per muggier: el stava fresco). (*da sé*)

ROS. Li voglio mettere nella mia borsetta. Uno... e due tre, e due sei... (*conta i baiocchi, mettendoli nella borsa*)

PANT. No, e do cinque.

ROS. Cinque e due sei...

PANT. No, e do sette...

ROS. Sette, otto, nove; oh, non ce ne sono altri.

PANT. Ti ha fallà, cara ti, i xe diese: el sette ti l'ha messo do volte.

ROS. Il sette due volte? Di questi qual è il sette? (*li tira fuori e li mostra*)

PANT. Oh che sempia! Va via, va via, che vien zente.

ROS. Signor padre, ve l'ho detto?

PANT. Cossa?

ROS. Che ho fame?

PANT. Sì, ti me l'ha dito. Va dalla donna, fatte dar da marenda.

ROS. E dei quattro baiocchi ve l'ho detto?

PANT. No te n'oggio dà diese?

ROS. Ah sì, dieci son più di quattro?

PANT. Me par de sì.

ROS. Eh, lo so io. So contar fino al venti.

PANT. Va via te digo, che vien zente.

ROS. Oggi mi condurrete dalla signora zia?

PANT. Sì, te menerò.

ROS. Giocheremo all'oca.

PANT. Vastu via? (*con voce alta*)

ROS. Oimè. (*trema*)

PANT. Mo via, destrighete.

ROS. Vado, vado. Uno, due, e due cinque... (*parte contando i baiocchi*)

PANT. Mi no so cossa dir; per mi, aver una fia cussì gnocca la xe una disgrazia, ma per ella la xe felice, perché no conossendo quel che conosse i altri, la xe esente da quelle passion, che per el più ne fa pianzer e suspirar.

SCENA QUATTORDICESIMA

OTTAVIO *e detto.*

OTT. Servitore umilissimo, signor Pantalone.

PANT. Oh, gh'ho caro che siè vegnù, avanti che vaga fora de casa. Me preme de far sto conto. El xe un poco difficile, e no me fido de mi medesimo. Lo farò mi; felo anca vu, e l'incontreremo.

OTT. Sì signore. (*lo prende franco, senza guardarlo*)

PANT. (Cussì vederò cossa che el sa far). (*da sé*)

OTT. (Lo capisco. Mi vuol dar la prova come si fa coi ragazzi). (*da sé*)

PANT. Vardèlo quel conto, e diseme se ve compromettè de farlo come el va fatto.

OTT. Eh, caro signor Pantalone, crede che io non sappia far conti? So sommare, sottrarre, partire, moltiplicare, col sette, col nove, coi rotti; eh via, si lasci servire. (*va al tavolino*)

PANT. Non occorr'altro. Fe pulito, e debotto torno. (El xe un francon, el doveria saver far). (*da sé, e parte*)

SCENA QUINDICESIMA

OTTAVIO *solo.*

OTT. A me se so far conti? Vediamo un poco. (*apre*) Ih! quanta roba! Leggiamo. *Tizio in Londra ha posto sopra un vascello mercantile un capitale di mille sterline. Caio in Cadice, sei mesi dopo, ha caricato sul vascello medesimo tremila pezze da otto. Fabio a Genova, dopo altri quattro mesi, vi ha caricato sopra duemila cinquecento scudi d'argento. Il vascello è arrivato, dopo un anno che partì di Londra, in Venezia, ed esitate le mercanzie per conto di società dei tre medesimi, si sono ricavati, netti di spese, trentamila ducati veneziani. Si domanda quanto toccherà di utile a Tizio di Londra, a Caio di Cadice, a Fabio di Genova.* Cospetto, che conto maladetto è mai questo? Ora mi trovo imbarazzato davvero. Non so come principiarlo. Non mi credeva mai, che si dessero conti di questa sorta: ma son nell'impegno, bisogna farlo. Tizio in Londra duemila lire sterline. Bisognerebbe che io sapessi quanto vale la lira sterlina. Oh! maladettissimo conto! Caio in Cadice tremila pezze da otto: di queste si fa presto il conto; ma se le ha caricate sei mesi dopo, doverà lucrar tanto meno di quello che ha messo il suo capitale sei mesi prima. Fin qui ci arrivo e capisco la ragione; ma non ho la regola per farlo. Io mi credeva che bastasse, per fare il mercante, saper fare i conti che fanno tutti; e per quello riguarda le lettere, non ho paura. Queste società, questi ragguagli, queste monete m'imbrogliano; eppure ne va della mia riputazione se non lo faccio. Mi proverò. (*scrive borbottando*)

SCENA SEDICESIMA

ROSAURA *ed il suddetto.*

ROS. (Vorrei la mia bambola. Mi dispiace che vi sia quell'uomo). (*da sé*) La mia bambola. (*a mezza voce verso Ottavio*)

OTT. (Non faremo niente). (*da sé, scrivendo*)

ROS. No? Pazienza. (*credendo abbia detto a lei*)

OTT. Eh! Sia maladetto! (*dà una botta al tavolino, e getta la bambola in terra*)

ROS. Oh poverina! (*la leva di terra e l'accarezza*)

OTT. (Piuttosto che fare il conto, mi divertirei con questa ragazza). (*da sé, osservandola*)

ROS. Poverina! (*accarezza la bambola*)

OTT. Poverina! che vi è di male?

ROS. Me l'avete buttata in terra. (*lamentandosi*)

OTT. Compatite; non l'ho fatto apposta.

ROS. Voglio dirlo alla signora zia.

OTT. Venite qua, signorina bella, non fuggite.

ROS. Ho da andare dalla signora zia.

OTT. Dove sta la vostra signora zia?

ROS. La signora zia sta colle sue sorelle.

OTT. Sono sorelle di vostro padre, o della vostra signora madre?

ROS. Mia madre è morta.

OTT. Ha fatto altri figliuoli la vostra signora madre?

ROS. Dopo che è morta no.

OTT. E prima?

ROS. Non lo so.

OTT. Ma siete voi figlia sola?

ROS. Oh signor no, con le signore zie vi sono dell'altre figliuole.

OTT. Sorelle vostre?

ROS. No sorelle, compagne.

OTT. (Con questa semplice io ci ho il maggior gusto del mondo). (*da sé*)

ROS. Voi chi siete, signore?

OTT. Io sono il primo ministro del negozio di vostro padre.

ROS. Non intendo. Non so che cosa sia.

OTT. Sono il suo complimentario.

ROS. Oh sì, insegnatemi dei complimenti. Quando vado dalla signora zia, me ne fanno tanti, ed io sto lì come una marmotta, e mi dicono che non so fare i complimenti. Se me l'insegnate, vi dono questa bambola.

OTT. Ve ne insegnerò quanti volete, senza interesse, perché siete bellina, perché siete graziosa.

ROS. Oh, lo voglio dire alla signora zia.

OTT. Non le dite nulla. Non andate, restate qui.

ROS. Mi aspettano, e poi vi anderò del tutto, e non tornerò più a casa.

OTT. Ho sentito dire, che vi vogliono cacciare in un ritiro. Ragazza mia, non vi consiglio a andarvi.

ROS. No? Perché?

OTT. Perché starete meglio con uno sposo al fianco.

ROS. Davvero?

OTT. Sì davvero.

ROS. Oh, lo voglio dire alla signora zia.

OTT. No, badate; se glielo dite, non fate niente.

ROS. Uno sposo?

OTT. Sì, uno sposo.

ROS. E che cosa si fa dello sposo?

OTT. (Oh bella innocenza!) (*da sé*) Si passa il tempo con pace, con allegria, si va con lui ai teatri, alle conversazioni, ai festini: altro che star lì tutto il giorno a piangere il morto colla signora zia!

ROS. Se ne trovano degli sposi?

OTT. Certo che se ne trovano.

ROS. Me ne troverete uno?

OTT. Perché no? Lo diremo al vostro signor padre.

ROS. Costerà assai?

OTT. Eh, voi averete tanto che basta per trovarlo.

ROS. Io non ho altro che dieci baiocchi.

OTT. No, carina, gli uomini non costano così poco.

ROS. Eh! Lo sposo... è un uomo?

OTT. Sì, un uomo

ROS. Oh, non ho bisogno di spender denari a comprarlo; posso valermi del signor padre.

OTT. Eh ragazza mia, il padre non serve.

ROS. Voi servireste?

OTT. Potrebbe darsi di sì. Ma io sono dato via. Sono impegnato.

ROS. Oh, mi dispiace.

OTT. (Eppure, se non avessi data la parola a Beatrice, questa ragazza sarebbe il mio caso. Ma sono un galantuomo, sono un uomo d'onore). (*da sé*)

ROS. Me lo troverà la signora zia.

OTT. Fate a mio modo, dalla zia non vi andate più. Se vi andate, non vi è più sposo.

ROS. Oh, voglio lo sposo; non vi anderò.

OTT. (Povera ragazza! ha volontà di marito, e le signore zie la vogliono sagrificare. Avviserò io suo padre, che badi bene... Oh eccolo... Il conto... Diavolo! non ho fatto niente). (*da sé*)

SCENA DICIASSETTESIMA

PANTALONE *ed i suddetti.*

PANT. Cossa feu qua, siora? (*a Rosaura*)

ROS. Son venuta a prendere la mia bambola.

PANT. Aveu fatto el conto, sior Ottavio?

OTT. Vi dirò, signore... Per dire il vero, è venuta qui la signora vostra figlia, mi ha dette tante cose graziose, che ho perduto il tempo, e non ho fatto niente.

PANT. Me despiase. L'ho fatto mi, vardè mo se el va ben?

OTT. (*Legge piano, borbottando*) Bene. Bravo. Va benissimo.

PANT. Via, adesso mo felo anca vu.

OTT. Eh, caro signor Pantalone, che serve? Quando l'ha fatto lei!

PANT. Ho gusto, co l'è fatto, de confrontarlo.

OTT. Se vuol vedere se io so fare i conti, è un altro discorso. Adesso è ora di andare a pranzo; se mi permette, lo porto con me, e oggi lo avrà fatto.

PANT. Benissimo, son contento.

OTT. All'onore di riverirla. (*parte*)

SCENA DICIOTTESIMA

Pantalone *e* Rosaura

PANT. Stè a véder, che costù el va a farse far el conto. Basta, avanti de torlo, ghe penserò. El gh'ha delle chiaccole assae, ma bisogna véder se i fatti corrisponde. E cussì, siora, cossa ve disevelo el sior Ottavio?

ROS. Chi è il signore Ottavio?

PANT. Quello col qual avè parlà fin adesso.

ROS. Oh, mi ha dette tante belle cose.

PANT. Circa mo?

ROS. Dalla signora zia non ci vado più.

PANT. No? Per cossa?

ROS. Perché la signora zia non mi vorrà trovare lo sposo, e lui me lo troverà.

PANT. Sposo? Cossa xe sto sposo?

ROS. Ah, non lo sapete che cosa sia lo sposo? Ve lo dirò io, signore.

PANT. (Oh poveretto mi! Cossa alo fatto costù con sta povera putta?) (*da sé*)

ROS. Lo sposo è quello che mena agli spassi, ai festini...

PANT. Via, via, siora, no savè cossa che ve disè. Sior Ottavio ha dito cussì per rider, el v'ha burlà, perché sè una sempia. Parecchieve subito, e andemo da vostra àmia.

ROS. Oh, non vi vado certo.

PANT. No? Mo perché?

ROS. Perché voglio lo sposo.

PANT. Senti, sa, se ti dirà più ste parole, te darò una man in tel muso.

ROS. (*Getta via la bambola con rabbia*)

PANT. Cussì ti fa? Xelo questo el respetto che ti gh'ha per to pare? Xeli questi i boni documenti, che t'ha dà la to povera mare? No ti gh'ha paura che el cielo te castiga? Ah desgraziada! El to povero pare ti lo tratti cussì.

29

ROS. (*Piange forte*)

PANT. Tiò su quella piavola.

ROS. (*La prende*)

PANT. Bàseme la man.

ROS. (*Obbedisce*)

PANT. Andè in te la vostra camera.

ROS. (*Senza dir nulla cogli occhi bassi parte*)

PANT. Come! Sior Ottavio sta sorte de descorsi el fa con mia fia? Èlo fursi vegnù per sedurla, per sassinarla? Coss'è sta cossa? El gh'ha bisogno de impiego, e el primo zorno che el vien in casa mia, el fa le carte colla mia putta? Questa, oltre una malizia barona, la xe mo anca una imprudenza massizza. L'ho scoverto a tempo. Nol fa per mi. Povero desgrazià! Nol farà mai ben a sto mondo. No val virtù, no val spirito, no val talento per aver fortuna; ma ghe vol bontà de cuor, onoratezza de man, e prudenza de lengua.

ATTO SECONDO

SCENA PRIMA

Camera di Beatrice.

BEATRICE *e* CORALLINA

BEAT. Non ne vuò più saper nulla. Vedo che egli è un ingrato.

COR. Se tanto fa ora, che ha bisogno di voi, figuratevi poi che cosa farebbe quando foste sua moglie.

BEAT. Io non ho detto di volerlo sposare. (*alterata*)

COR. Non l'avete detto, ma si conosce...

BEAT. Che cosa si conosce? Voi altre serve sempre pensate il peggio.

COR. Gran disgrazia è la mia! Quel ch'io dico, signora, lo dico perché vi amo. E voi, che avete tanto sofferto per uno che viene di casa del diavolo, non volete tollerare ch'io vi parli per zelo.

BEAT. Cara Corallina, lasciami stare: son fuori di me.

COR. Vi compatisco, signora, le vostre inquietudini hanno il loro fondamento.

BEAT. Prepara la tavola, voglio desinare.

COR. Per quanti ho da prepararla?

BEAT. Che domande!

COR. Ho da preparare per due?

BEAT. Tu mi vorresti far dire... Vattene.

COR. Compatitemi, è vero: non son domande da farsi. Siete sola, e la preparerò per voi sola. Il signor Ottavio ha mangiato anche troppo in questa casa. (*mostrando partire*)

BEAT. Dove vai?

COR. A preparare.

BEAT. Per quanti?

COR. Per uno; siete sola.

BEAT. E se viene Ottavio?

COR. Lo volete ancora alla vostra tavola?

BEAT. Non voglio che egli dica, ch'io l'ho scacciato con una mala grazia. Lo licenzierò.

COR. Sì, signora, preparerò anche per lui. Dategli campo che vi dica dell'altre insolenze. (*andando*)

BEAT. Temerario! Hai ragione; se viene a picchiare, non gli aprire la porta.

COR. Volete che egli venga dentro per la finestra?

BEAT. A far che ha da venire?

COR. A pranzo.

BEAT. Ma se non lo voglio!

COR. Ah! non lo volete? Ho capito. (La testa della padrona fa le giravolte). (*da sé, parte*)

SCENA SECONDA

BEATRICE *sola.*

BEAT. Chi mai l'avrebbe creduto che Ottavio dovesse essere di sì mal cuore? Finché ha avuto di me bisogno, era umile, amoroso, gentile; ora che spera altronde la sua fortuna, mi disprezza, m'insulta. Io non so intendere perché vantasse in faccia mia il merito di Rosaura; che cosa spera da lei? Sposarla? No certamente. Suo padre non gliela darebbe. Potrebbe anche darsi, ch'egli l'avesse lodata così per capriccio, senza pensare ch'io di ciò mi potessi offendere. E quel maledirmi e quel dire a Corallina che i miei dispiaceri sono pazzie? Saranno ingiurie, o che? Potrebbero anche essere inavvertenze. Egli è solito parlare senza riflettere. Questo è il suo difetto, e l'ho corretto più volte. Non mi pare poi ch'egli abbia un fondo cattivo. Mi ha protestata cento volte la sua gratitudine, l'amor suo.

SCENA TERZA

CORALLINA *con un* SERVITORE *che porta un piccolo tavolino,*

con sopra la tovaglia ed una posata; e detta.

COR. Ecco preparato, signora, comanda in tavola?

BEAT. E Ottavio è venuto? (*al Servitore*)

COR. Signora no; ma se verrà... Ehi, sentite, se viene il signor Ottavio, non gli aprite. (*al Servitore*)

BEAT. Chi dà questi ordini?

COR. Ma voi, signora...

BEAT. Non le badare, aprigli quando viene. (*al Servitore*)

COR. (È una bella testina!) (*da sé*)

BEAT. Queste cose non si dicono ai servitori. (*a Corallina*)

COR. Ma se viene?...

BEAT. Essi parlano, e mettono le padrone in ridicolo.

COR. Ma se viene il signor Ottavio?...

BEAT. Se viene, venga. Metti l'altra posata.

COR. L'altra posata?

BEAT. Sì, non voglio scene.

COR. E viva il signor Ottavio.

BEAT. Ottavio deve andarsene di casa mia.

COR. Quando?

BEAT. Quando vorrò io.

COR. Eh, non anderà poi altrimente.

BEAT. Sì, se n'anderà.

COR. Mi creda, che non se n'anderà.

BEAT. Temeraria, non fare ch'io mi sfoghi con te.

COR. (Non ci mancherebbe altro). (*da sé*)

BEAT. Senti, è stato battuto.

COR. (Sarà lo scroccone). (*da sé, forte*)

BEAT. Che dici?

COR. Niente, signora, vado a vedere. (*parte, poi ritorna*)

BEAT. Parmi però, che senza un forte motivo non avesse dovuto esaltare cotanto la beltà, il vezzo della signora Rosaura. Costui n'è innamorato. E ardisce in faccia mia di vantarlo?

COR. Signora. (*portando l'altra posata*)

BEAT. È forse quel temerario d'Ottavio?

COR. No, signora. Non è lui.

BEAT. E perché porti quella posata?

COR. Perché me l'avete comandato.

BEAT. Se non è lui, non occorre.

COR. La porterò via.

BEAT. Aspetta... mettila lì.

COR. (Per verità, la mi vuol far impazzire). (*da sé*)

BEAT. Chi ha picchiato?

COR. Il signor Lelio.

BEAT. A quest'ora?

COR. Credeva aveste pranzato.

BEAT. Che cosa voleva egli da me?

COR. Farvi una visita.

BEAT. L'hai tu licenziato?

COR. Avendogli detto che siete per andar a tavola se n'è andato.

BEAT. Credi tu che ritornerà?

COR. Egli ha della stima per voi.

BEAT. Sì, il signor Lelio ha della bontà per me, e le sue visite mi sono care.

COR. Quello sarebbe a proposito signora padrona... Ma non si può parlare.

BEAT. Parla, chi te lo impedisce?

COR. Oh signora, siete troppo prevenuta in favore del signor Ottavio.

BEAT. Non è vero. Mi sono quasi disingannata.

COR. Se fosse vero, mi azzarderei a dirvi un non so che a proposito del signor Lelio.

BEAT. Parla liberamente. Sono in istato di sentir tutto con pienissima indifferenza.

COR. Egli mi ha confidato, signora, che ha dell'amore per voi.

BEAT. Per me? (*dolce*)

COR. E ve lo farebbe sapere con maggior fondamento, s'ei non temesse un rivale nel signor Ottavio.

BEAT. Tutti credono ch'io sia schiava di Ottavio, ma il mio cuore è un cuor libero. Il signor Lelio è un giovane che non mi dispiace.

COR. Più che ci penso, più lo trovo al caso vostro.

BEAT. Sì, ha delle circostanze buone: non lo nego.

COR. Volete che così dolcemente gli dia qualche buona speranza?

BEAT. Non t'impegnare. Digli qualche parola studiata, che non significhi, ma che si possa interpretare... tu mi capisci.

COR. Vi capisco, ma capisco anche... non vo' dir altro.

BEAT. Parla.

COR. Ecco il degnissimo signor Ottavio. (*con ironia*)

BEAT. (In veggendolo, mi si rimescola il sangue). (*da sé*)

COR. Vuole in tavola? (*a Beatrice*)

BEAT. Aspetta. (*con collera*)

SCENA QUARTA

OTTAVIO *e le suddette.*

OTT. Perdonate, signora, se vi ho fatto un poco aspettare.

BEAT. Sarete stato sinora dal signor Pantalone.

OTT. Sì, sono stato, ma non sinora.

BEAT. L'avete veduta la signora Rosaura?

OTT. L'ho veduta. (*ridendo*) Oh che sciocca!

BEAT. Prima la lodaste tanto, ed ora la disprezzate?

OTT. Io ho lodato la sua beltà, la sua grazia: cose tutte che sono vere, e che cogli occhi si vedono. Ma poi, a parlar con lei, è una scimunitella. Non sa niente. Giuoca colla bambola. Sono cose da crepar di ridere.

BEAT. Voi direte così, credendo di farmi piacere.

OTT. Oibò, dico la verità.

BEAT. Io per altro non son da metter a confronto con lei.

OTT. Perbacco, val più una dramma del vostro spirito, che non vale tutta la sua bellezza.

BEAT. Corallina.

COR. Signora.

BEAT. In tavola.

COR. (Via, via, ho capito.) (*da sé, vuol partire*)

OTT. Aspettate. (*a Corallina*)

COR. Ha da comandarmi qualcosa, signore? (*con ironia*)

OTT. Signora, vi domando scusa se mi sono presa una libertà. (*a Beatrice*)

BEAT. Dite pure.

OTT. Venendo a casa, ho trovato l'amico Lelio che voleva farvi una visita. Mi è scappato detto, se voleva pranzar con noi. Egli ha accettato l'invito, ed io, senza avvedermene, mi sono arrogato una libertà che non mi conviene.

COR. (Eh sì, il signor padrone!) (*da sé*)

BEAT. Non so che dire. Quando ha accettato da voi l'invito, non deggio esser io quella che lo discaccia. Dov'è il signor Lelio?

OTT. È in sala, che non ardisce...

BEAT. Corallina, fallo passare, metti un'altra posata, e fa che mettano in tavola.

COR. (Può essere che tu abbia introdotto il signor Lelio per tuo malanno). (*da sé, e parte*)

SCENA QUINTA

OTTAVIO e BEATRICE

BEAT. Voi avete detto a Corallina, ch'io sono una pazza.

OTT. Io ho detto questo?

BEAT. Sì, certamente, ed ella è pronta a sostenerlo anche in faccia vostra.

OTT. Signora Beatrice, vi giuro sull'onor mio, non me ne ricordo.

BEAT. Voi parlate senza pensare.

OTT. Io non credo d'averlo detto.

BEAT. L'avete detto. (*alterata*)

OTT. Non l'avrò detto con animo d'oltraggiarvi.

BEAT. Così non si parla di chi si ama.

OTT. Ditemi, signora Beatrice, in via d'onore, avete mai detto voi, fra voi stessa almeno, ch'io sono un pazzo?

BEAT. Se l'ho detto fra me medesima, non lo ha sentito nessuno.

OTT. Dunque il male non è, ch'io l'abbia detto, ma che voi lo abbiate saputo. Corallina ha la colpa.

BEAT. Signor Ottavio, voi vi prendete spasso di me.

OTT. Sentite, vi amo tanto, conosco tanto i benefizi che voi mi fate, che se dovessi diventare un principe senza di voi, giuro a tutti i numi del cielo, rinunzierei qualunque fortuna; e se quel che io vi dico, non lo dico di cuore, prego il cielo che mi fulmini, che mi incenerisca, e non mi lasci mai aver bene.

BEAT. (Povero Ottavio, è di buon cuore). (*da sé*)

SCENA SESTA

LELIO *ed i suddetti.*

LEL. Scusate, signora, se per cagione del signor Ottavio sono ad incomodarvi.

BEAT. Spiacemi, che avrete un misero trattamento.

OTT. Via, senza cerimonie. Qua il cappello, la spada. In tavola. (*prende la spada ed il cappello, lo ripone*)

LEL. (Grande autorità ha costui in questa casa). (*da sé*)

SCENA SETTIMA

Il SERVITORE *con la zuppa,* CORALLINA *colla posata, e detti.*

COR. Quando comanda, è in tavola. (*a Beatrice*)

BEAT. Favorite. (*a Lelio*)

LEL. (*Vuol prendere l'ultimo posto*)

OTT. Qui, qui, presso la padrona di casa. (*siedono*)

COR. (Mi fa una rabbia colui, che lo scannerei). (*da sé*)

OTT. (*Dando la zuppa*) Avete saputo, signor Lelio, che io sono impiegato nel negozio Bisognosi?

LEL. Me ne rallegro.

OTT. Io con quel vecchio ci starò volentieri. È una casa all'antica; egli ha più del pescatore, che del mercante: ma è buon uomo, di buon cuore.

LEL. (Fa un bell'onore al suo principale!) (*da sé*)

BEAT. Via, signor Ottavio, mangiate, e non discorrete.

LEL. Questa zuppa è preziosa.

OTT. Oibò, è insipida. In questa casa non si mangia mai una cosa saporita. O insipida, o salata.

COR. Ma vossignoria con tutto questo tira di lungo.

OTT. Oh, oh, la cameriera si risente. Non l'avete già fatta voi.

COR. Se non l'ho fatta io...

BEAT. Zitto lì. Caro signor Ottavio, se non vi piace, lasciate stare, ma non disprezzate...

OTT. Compatitemi, signora, ho qualche cosa per il capo. Caro amico, non mi abbadate. Qualche volta sono una bestia.

COR. (Oh cara quella bocca! Ha detto una volta la verità). (*da sé*)

LEL. Io non sono qui per criticare le azioni vostre. Son favorito...

OTT. Oh via, stiamo allegri. In tavola. (*chiama*)

COR. Subito, Eccellenza. (*parte*)

SCENA OTTAVA

OTTAVIO, LELIO, BEATRICE; *poi il* SERVITORE *che porta in tavola.*

BEAT. Vorrei che aveste un poco di prudenza. (*piano ad Ottavio*)

OTT. Perdoni, signora Beatrice, oggi sono di gala.

SERV. (*Con un piatto, e lo mette in tavola*)

OTT. Questa roba che cosa è? (*al Servitore*)

SERV. Agnello, signore.

OTT. Agnello? È pecora. (*assaggiandolo*) Alla signora Beatrice non gliene do.

BEAT. Perché, signore?

OTT. Cane non mangia del cane. (*ridendo*)

BEAT. Questo vostro barzellettare...

LEL. (Ottavio ha una gran confidenza). (*da sé*)

OTT. È agnello, o pecora? (*al Servitore*)

SERV. Pare a lei ch'io le volessi dar della pecora? È agnello, le dico.

OTT. Via, quand'è così, prenda. (*ne dà a Beatrice*) Prenda dell'agnellino innocentino come lei. (*ridendo*)

BEAT. Bravo! spiritoso! (*con ironia*)

LEL. (No, no, non ci vengo più). (*da sé*)

OTT. Da bere. (*il Servitore va per prenderne*) Con licenza della padrona di casa, portate di quel vino che ho mandato io ieri mattina. Sentirete un bicchier di vino prelibato. (*a Lelio*)

BEAT. Parrà, signor Ottavio, che in casa mia non ci sia del vino. Voi non provvedete la mia cantina.

OTT. Oh, si sa bene; non lo dico già per questo; sentirete. (*a Lelio*)

BEAT. (Mi fa venire i rossori sul viso). (*da sé*)

SERV. (*Porta da bere a Lelio e ad Ottavio*)

OTT. Questo è vino vecchio.

LEL. Sarà buono.

OTT. Sì, piace anche alla signora Beatrice. È di quello che mette forza,

«Declinando l'età matura e frale»

BEAT. Come?

OTT. Niente. (*ridendo forte*)

LEL. Signor Ottavio, voi prendete troppo la mano colla signora Beatrice.

OTT. Io? Oh, la mia padroncina, e poi non più.

BEAT. Meno spirito e più prudenza, signore.

OTT. Non posso essere che prudente, se sto con lei.

BEAT. Perché, padrone?

OTT. «Della matura età prudenza è figlia» (*recita il verso con caricatura*)

BEAT. Voi vi abusate della mia tolleranza. (*s'alza*)

OTT. Come? Perché?

BEAT. Siete un temerario. (*parte*)

SCENA NONA

OTTAVIO *e* LELIO

OTT. Avete sentito? (*a Lelio*)

LEL. In fatti, la pungete un po' troppo.

OTT. Io scherzo. Lo fo per ridere.

LEL. Questi scherzi sono troppo avanzati.

OTT. Voi le date la ragione per farmi dire.

LEL. Le do la ragione, perché la merita.

OTT. Eh via! Vi conosco; volete farmi taroccare.

LEL. Alle donne conviene portar rispetto.

OTT. Niuno più di me rispetta e stima la signora Beatrice.

LEL. I vostri motteggi non lo dimostrano.

OTT. Io lo fo per allegria, per bizzarria, per gala. Son di questo naturale. Quando mi viene un frizzo in bocca, non lo perderei per cento doppie.

LEL. Voi così vi rovinerete.

OTT. Eh, minchionerie.

SCENA DECIMA

CORALLINA *e detti.*

COR. Signor Lelio.

LEL. Che c'è, Corallina?

COR. La mia padrona desidera parlarvi, e vi aspetta nella camera

LEL. Eccomi. (*s'alza*)

OTT. Sì, andiamo ad accomodarla. (*vuol andar con Lelio*)

COR. Vuole il signor Lelio, non vuole voi. (*ad Ottavio*)

OTT. Eh, che sei pazza! Andiamo.

COR. Per me obbedisco il comando. (*entra nella stanza*)

OTT. Son qui con voi. (*vuol entrare, in questo*)

SCENA UNDICESIMA

BEATRICE *sulla porta, e detti.*

BEAT. Andate. Di voi non cerco. (*chiudendo la porta in faccia ad Ottavio*)

OTT. A me un tale affronto?

COR. Vostro danno. Meritate peggio. Ora vi ha serrato fuori di camera, e fra poco vi serrerà fuori di questa casa. (*parte*)

OTT. A me un affronto simile? Cacciarmi fuori di camera? E perché? Per averle dette due barzellette. Ma non m'importa. Me n'anderò di questa casa. Amo Beatrice, ho ricevuto del bene, le sono grato; ma giuro al cielo, non soffrirò un'ingiuria nemmen per ischerzo, a costo di rovinarmi, di esser povero per tutto il tempo di vita mia: in questa casa non ci verrò mai più. (*parte*)

SCENA DODICESIMA

41

Strada con bottega da caffè.

FLORINDO, LEANDRO e CAFFETTIERE

FLOR. Caro amico Leandro, dispensatemi.

LEAN. Avrei piacere che mi diceste la vostra opinione.

FLOR. Ho la mente confusa, non sono in caso di giudicare.

LEAN. Un sonetto si legge presto. Lo leggerò io. Favoritemi di sentirlo.

FLOR. (Questi poeti sono pure i gran seccatori). (*da sé*)

LEAN. Può essere che non vi dispiaccia.

FLOR. Lo so che siete bravo, ma ora non ho la mente serena.

LEAN. Che cosa avete, che vi dà fastidio?

FLOR. Ve lo dirò, acciò non crediate che io per disprezzo ricusi di sentire il vostro sonetto.

LEAN. Eh, so che altre volte avete sentite delle composizioni mie assai più lunghe.

FLOR. (Pur troppo). (*da sé*) Sappiate, amico...

LEAN. E le avete compatite.

FLOR. Sì, meritamente applaudite. Ora sappiate...

LEAN. Questo sonetto non dovrebbe esser cattivo.

FLOR. Oh, a rivederci. (*in atto di partire*)

LEAN. Come! così mi piantate? Mi promettete dirmi un non so che, e poi...

FLOR. Se vorrete ascoltarmi, ve lo dirò.

LEAN. Dite, dite, che se vi trovo materia a proposito...

FLOR. Che cosa farete?

LEAN. Un sonetto, subito.

FLOR. Per descrivere il mio infortunio, non basterebbe un canto.

LEAN. Anche un poema, se bisogna. I versi mi cadono dalla penna.

«Come il liquido umor scorre dal monte».

FLOR. Alle corte. Voi conoscete il signor Pantalone de' Bisognosi.

LEAN. Sì, è uno de' miei mecenati.

FLOR. Sappiate che egli ha una figlia.

LEAN. Lo so, le ho fatto il suo ritratto.

FLOR. Il suo ritratto? Come?

LEAN. In quattordici versi.

FLOR. Oh bene, io nel vederla più volte, di lei mi sono invaghito. Parlarle non ho potuto, poiché in casa la tengono con una grandissima e somma gelosia. L'ho fatta chiedere al padre, ed egli me l'ha negata.

LEAN. E per questo vi disperate? V'insegnerò io.

FLOR. Che cosa m'insegnerete?

LEAN. Fatele fare un sonetto.

FLOR. Sarebbe inutile. Ella non ascolta..

LEAN. Se resiste a uno de' miei sonetti, la stimo la donna più crudele del mondo; sapete quante ne ho io convertite con i miei versi?

FLOR. I vostri versi servono a un bell'uffizio.

LEAN. Sentite questo sonetto.

FLOR. Voi mi tormentate.

LEAN. Sentitelo: può essere ch'egli faccia a proposito per il caso vostro. Vi è un poco di analogia.

FLOR. Via, sentiamolo.

LEAN. Sediamo. Avete bevuto il caffè?

FLOR. Non ancora. (*sedendo*)

LEAN. Ordinatelo, che lo beveremo.

FLOR. Sì, come volete. Ehi, due caffè. (*al Caffettiere*)

LEAN. Eccolo.

Amante tenero a bella donna ch'è di cuor duro.

SONETTO.

Donna, del vostro cor l'irato sdegno

Nel mio povero sen fa strage assai.

Dal momento primier ch'io vi mirai,

Rimasi come un duro sasso, un legno.

Di pensieri amorosi io son sì pregno,

Che la testa e il cervello io mi gonfiai;

E non ho speme di guarir giammai,

Se di dolce triaca io non son degno.

Va l'Asia tutta, e va l'Europa in guerra,

Ed io sol resterò misero amante,

Cogli occhi al cielo, e con i piedi in terra?

Oh nemica di fè macchina errante!

Ecco amor che v'innalza e che vi afferra.

Globo voi siete, ed è Cupido Atlante.

Ah? Che vi pare? Caffè.

FLOR. (Oh che roba!) (*da sé*)

LEAN. Avete avuto piacere a sentirlo?

FLOR. Sì, molto.

LEAN. Eppure non mi costa che cinque o sei ore di tempo.

FLOR. Si vede che avete della facilità.

LEAN. Se credeste che presentandolo alla signora Rosaura...

FLOR. No, no, vi ringrazio. (Non ci mancherebbe altro). (*da sé*)

SCENA TREDICESIMA

OTTAVIO *e detti.*

OTT. (Serrarmi la porta in faccia?) (*da sé*)

LEAN. Chi è questo? (*a Florindo*)

FLOR. Non lo conosco.

LEAN. Ehi. (*al Caffettiere*) Questo signore chi è?

CAFF. È un forestiere. È un uomo dotto, che parla bene.

LEAN. È dotto sì?

CAFF. Almeno ho sentito dirlo.

LEAN. Fategli leggere questo sonetto, così come la cosa venisse da voi, senza dirgli che sono io.

CAFF. Sarà servita.

LEAN. Voglio sentire che cosa dice. (*a Florindo*)

FLOR. Bene, bene. Accomodatevi.

OTT. Caffè. (*sedendo*)

CAFF. Eccola servita. (*gli porta il caffè*) Se vuol divertirsi, gli darò una bella composizione.

OTT. Lasciate vedere. (*prende il sonetto, e legge*) *Sonetto di Leandro Zucconi.* Sì, sì, di quell'asino di Leandro: ne ho veduti degli altri. (*legge piano*)

LEAN. Avete sentito? (*a Florindo*)

FLOR. Vi vuol prudenza. (*a Leandro*) (Meglio è ch'io parta). (*da sé, e parte*)

LEAN. (Pagherei uno scudo a non esser qui. Me ne anderei, ma non vorrei perdere il mio sonetto). (*da sé*)

OTT. Che bestia! Oh che ignorantaccio! Si può far peggio? (*legge piano*)

LEAN. Signor mio...

OTT. Avete sentito questo sonetto?

LEAN. Sì, l'ho sentito.

OTT. Si è mai intesa una simile bestialità?

LEAN. Eppure...

OTT. Basta dire che sia di quel somaraccio di Leandro Zucconi.

LEAN. (Or ora gli metto le mani addosso). (*da sé*)

SCENA QUATTORDICESIMA

BRIGHELLA *e detti.*

BRIGH. Servo de lor signori; sior Leandro, ghe son servitor.

OTT. Chi è quello? (*a Brighella*)

BRIGH. El sior Leandro Zucconi, quel bravo poeta.

OTT. (Oh corpo del diavolo!) (*da sé*) Signor Leandro, vi domando scusa.

LEAN. Non si strapazzano così i galantuomini.

OTT. Non vi aveva conosciuto.

LEAN. E non conoscendomi ancora, perché dirmi le impertinenze che mi avete dette?

OTT. Compatitemi.

LEAN. Pare a voi che questo sonetto sia da lacerare così? (*glielo leva di mano*)

OTT. Sarà bello, io sarò di cattivo gusto.

LEAN. Io sono un asino?

OTT. Non sarà vero. Averò fallato.

LEAN. Mi maraviglio di voi, e saprò vendicarmi.

OTT. Fatelo.

LEAN. «Farò co' versi miei giusta vendetta

    «Di questa qual si sia virtù negletta.» (*parte*)

SCENA QUINDICESIMA

OTTAVIO, LELIO, BRIGHELLA *e* CAFFETTIERE

BRIGH. Coss'è stà, signor? (*ad Ottavio*)

OTT. Niente; non lo conoscevo; ho letto un suo sonetto, e non conoscendolo, mi è scappato dalla bocca una barzelletta. Una barzelletta graziosa. Gli ho detto dell'asino tre o quattro volte.

BRIGH. Védela, sior Ottavio? Queste le son quelle cosse che gh'ho dito mi tante volte. L'è solito vossignoria a far de sti marroni. In loghi pubblici bisogna vardar come che se parla, co gh'è zente che no se conosse, bisogna saverse contegnir; succede spesso sti casi, che se parla de uno che se crede lontan, e el se gh'ha da visin. Ghe vol prudenza, signor, se no un zorno o l'altro la troverà quello del formaggio.

OTT. Oh caro Brighella, quello che mi dà pena, non è il signor Leandro. Ho qualche cosa di peggio.

BRIGH. Coss'è stà, qualche altra disgrazia?

OTT. La signora Beatrice mi ha serrata la porta in faccia, e non vuol più vedermi.

BRIGH. Cossa gh'aveu fatto?

OTT. Io non le ho fatto niente. Ho detto delle barzellette, ed ella è montata in collera.

BRIGH. Eh, quella vostra lengua! Basta; andemo, vegnì con mi.

OTT. Dove?

BRIGH. Subito da siora Beatrice.

OTT. A far che?

BRIGH. Ve dirò per strada. Andemo.

OTT. Atti di viltà non ne fo sicuramente.

BRIGH. Gh'è un in casa con ella. So che i parla de certe cosse... L'è ben che andemo a interromper.

OTT. Sì, andiamo. Sto a vedere che Lelio mi tradisca.

BRIGH. Ho paura de sì.

OTT. Giuro al cielo, lo ammazzerò. Dopo averlo io introdotto, invitato a pranzo, che mi facesse una sì nera azione!

BRIGH. Mo perché invidarlo?

OTT. Andiamo. (*prova se la spada esce dal fodero*)

BRIGH. No, non faremo gnente. Ghe vol flemma. Femo cussì, andemo prima da sior Pantalon.

OTT. No, voglio andare da Beatrice.

BRIGH. Sior Pantalon aspetta quel conto.

OTT. Ecco il conto. Portateglielo voi per me.

BRIGH. Mo sior no, non va ben.

OTT. Quegli... è Lelio.

BRIGH. Sior sì, l'è lu.

OTT. Per bacco, voglio che mi renda conto. (*parte*)

BRIGH. Fermeve; sentì. Oh che testa! Oh che omo! Oh che bestia senza giudizio! (*va dietro ad Ottavio*)

SCENA SEDICESIMA

Camera in casa di Pantalone.

PANT. Cara siora, vegnì qua che nissun ne senta. Cossa me andeu disendo?

ROS. Dico così che vorrei fare anch'io quello che hanno fatto la signora Flamminia, la signora Luisa e la signora Costanza.

PANT. Vorressi donca maridarve anca vu, come le ha fatto elle?

ROS. Maritarmi? Non dico questo io.

PANT. Mo donca cossa?

ROS. Vorrei avere uno sposo.

PANT. Mo sposo e marìo no xelo l'istessa cossa?

ROS. Sarà, io non me n'intendo.

PANT. E cossa vorressi far del sposo? Cossa vorressi far del marìo?

ROS. Oh bella! Quello che fanno la signora Flamminia, la signora Luisa e la signora Costanza.

PANT. Cara fia, avè pur sempre dito, che volè andar co le vostre àmie; perché mo ve voleu muar de opinion?

ROS. Il signor Ottavio mi ha detto...

PANT. Sappiè, che tutto quel che v'ha dito sior Ottavio, le xe tutte busie.

ROS. Non è vero che lo sposo sia una bella cosa?

PANT. No, fia mia, no xe vero.

ROS. Datemene uno, e se non è vero, anderò dalla signora zia.

PANT. (Ah poveretto mi! In che intrigo che m'ha messo quel desgrazià). (*da sé*)

ROS. Uno solo.

PANT. Mo no ti sa, che quando s'ha tolto un sposo, un marìo, nol se lassa più fina alla morte?

ROS. Bene, dopo che sarà morto, anderò dalle signore zie.

PANT. Ti pol morir ti avanti de élo.

ROS. Allora quello che averei da far io, lo farà lui.

PANT. Mo va là, che ti xe una gran sempia!

ROS. Oh già, sempre mi dice così.

PANT. Chi vusto che te toga, chi vusto che te voggia?

ROS. Cosa m'importa a me, se nessuno mi vuole?

PANT. Se nissun te vol, no ti pol sperar de sposarte.

ROS. Lo sposo lo voglio io.

PANT. Ben, ma se élo... Son più matto mi a badarte.

ROS. Se viene il signore Ottavio, vi farò dire quel che mi ha detto a me. Ha parlato così bene, che in verità neanche la fattora parla come ha parlato lui.

PANT. (Se el vien sto furbazzo, lo voggio consolar). *(da sé)*

ROS. E poi... sì, ora me ne ricordo. Mi ha detto dei teatri, dei festini. Oh, le signore zie non mi cuccano.

PANT. (Alo mo fatto una bella cossa?) *(da sé)* Mi no so cossa dir. Co to àmie mi non ho dito de volerte metter per forza; se ti ghe vol andar, vaghe, se ti vol star in casa, staghe, e se ti te vol maridar, co capiterà l'occasion, te contenterò.

ROS. Oh non mi basta, signor padre.

PANT. Cossa vorressistu de più?

ROS. Lo sposo lo voglio presto.

PANT. E cossa vustu che mi te fazza?

ROS. Trovatene uno.

PANT. Dove vusto che el trova?

ROS. Compratelo.

PANT. Via, gnocca, i marii se compra?

ROS. Io non so come si faccia. Verrà il signor Ottavio.

PANT. E se vegnirà el sior Ottavio, l'anderà via per l'istessa strada che el vien; e vu, siora, coi omeni no ve n'avè da impazzar. Perché no ve divertìu colla piavola?

ROS. La bambola non parla, non si muove. È meglio uno sposo. Me l'ha detto anche il signor Ottavio.

PANT. Maledetto sia el sior Ottavio.

SCENA DICIASSETTESIMA

FLORINDO *di dentro e detti.*

FLOR. O di casa. Vi è nessuno? *(di dentro)*

49

PANT. Vien zente. Presto, andè via de qua. (*a Rosaura*)

ROS. Oh, questo lo conosco.

PANT. Come lo cognosseu?

ROS. Ogni volta che mi vede, mi saluta.

FLOR. Si può venire? (*di dentro*)

PANT. Adess'adesso. (*a Florindo*) Animo; andè via, ve digo. (*a Rosaura*)

ROS. E una volta mi voleva dare...

PANT. Cossa ve volevelo dar?

ROS. Non andate in collera.

PANT. Via, disè suso.

ROS. Mi voleva dare...

PANT. Cossa?

ROS. Un bamboccio.

PANT. Via, via presto.

ROS. Ma io, se vorrò dei bambocci, farò come hanno fatto la signora Flamminia, la signora Luisa e la signora Costanza. (*parte*)

PANT. Oh che pampalughetta: ma per altro...

SCENA DICIOTTESIMA

PANTALONE e FLORINDO

FLOR. Tornerò, se ha da fare. (*di dentro*)

PANT. No, no, la resta servida. Squasi, squasi, se el la volesse, ghe la daria; ma no gh'ho cuor de farlo.

FLOR. Perdoni, signor Pantalone, se gli sono importuno. (*esce*)

PANT. La perdona ella, se l'ho fatta aspettar.

FLOR. Son qui per un affare curioso.

PANT. La diga pur, che l'ascolto.

FLOR. Questa mattina voi avete detto di non volermi concedere la vostra figliuola in isposa, perché ella è destinata per un ritiro, e non ha inclinazione per il matrimonio, non è la verità?

PANT. Sior sì, xe vero.

FLOR. Ed io, con vostra buona grazia, ho saputo che ella è dispostissima a maritarsi, e non vede l'ora di farlo.

PANT. Chi v'ha dito sta cossa?

FLOR. L'ha detto alla servitù di casa, e l'hanno già pubblicato.

PANT. No, sior. Mia fia no xe in stato...

SCENA DICIANNOVESIMA

ROSAURA *e detti.*

ROS. Lo voglio, lo voglio, lo voglio.

PANT. Andè via de qua.

FLOR. Signora, se vi degnaste...

PANT. La parla con mi, sior, e vu andè via. (*a Rosaura*)

ROS. Vado, vado. (*si scosta*) Signor padre. (*di lontano*)

PANT. Cossa gh'è?

ROS. Lo voglio. (*parte*)

SCENA VENTESIMA

PANTALONE *e* FLORINDO

PANT. Me vien i suori freddi.

FLOR. La sentite, signor Pantalone?

PANT. Quella xe una gazziòla, fio caro; la dise quel che la sente a dir, ma no la sa gnente.

FLOR. Ma, caro signor Pantalone, se ella dice voglio lo sposo, può parlar più schietto?

PANT. Bisogna véder se la sa gnanca cossa che sia sto sposo che la domanda.

FLOR. Eh, signore queste cose vi vuol poco a farle capire a chi per sorte non le intendesse. Dite piuttosto che per fini vostri particolari non la volete accasare, o che io non sono degno d'averla.

PANT. Sior Florindo, vu ve ingannè; no la xe cussì da galantomo.

FLOR. Io credo che sia così; ma voi nel primo caso sarete un padre tiranno, e nel secondo un mancator di parola.

PANT. Mi son un omo d'onor, sior, e se no ve dago mia fia, lo fazzo per una delicatezza da galantomo, acciò un ziorno no ve ne abbiè da pentir.

FLOR. Ma se io mi contento, ma se la prendo com'è, se con tutti li vostri avvertimenti non averò mai cagione di lamentarmi di voi! Dopo tutto questo, credetemi signor Pantalone, la vostra ostinazione o è barbara o è misteriosa.

PANT. Sior Florindo, la voleu?

FLOR. Sì, la desidero.

PANT. Animo, se ve ne pentirè, sarà vostro danno; se Rosaura ve vol, ve la dago.

SCENA VENTUNESIMA

ROSAURA *e detti.*

ROS. Lo voglio, lo voglio, lo voglio.

PANT. Lo voglio, lo voglio, lo voglio. Cossa farastu col sarà to marìo? Zogherastu alle piavole?

ROS. M'informerò.

PANT. Con chi? Col sior Ottavio?

ROS. Colla signora Flamminia, colla signora Luisa...

PANT. E colla signora Costanza?

FLOR. Niente, signora Rosaura, se mi amate, da voi non esigo di più.

ROS. Io voglio bene a tutti, e vorrò bene anche a voi.

PANT. Sentìu? (*a Florindo*)

52

FLOR. Questa sua innocenza mi piace assaissimo, e col tempo la ridurrò a mio modo.

PANT. (Vardè ben el fatto vostro, perché una donna pol più pericolar per semplicità, che no xe per malizia). (*piano a Florindo*)

FLOR. (Lasciate il pensiere a me). Voi dunque sarete la mia sposa.

ROS. Io? Signor no.

PANT. Oh bella!

FLOR. Come no?

ROS. Voi sarete mio.

FLOR. Sì, sì, vi ho capito. Io sarò vostro.

ROS. Quando sarete mio?

FLOR. Lo sono fin da questo momento.

ROS. Andiamo, andiamo. (*a Florindo*)

FLOR. Dove, signora?

ROS. Voglio farvi vedere le mie bambole. (*parte con Florindo*)

PANT. Eh via, siora, no gh'è giudizio! (*parte con loro*)

ATTO TERZO

SCENA PRIMA

Camera in casa di Pantalone.

Pantalone *e* Brighella

BRIGH. Caro sior Pantalon, la prego, agiutemo sto poveromo, e se se pol, no lo lassemo perir.

PANT. Da cossa deriva sta premura che gh'avè per sto sior Ottavio? Xelo vostro parente? Che interessi gh'aveu con élo?

BRIGH. No l'è gnente del mio: interessi con lu no ghe n'ho; ma quel che me move a assisterlo, a agiutarlo, no l'è altro che amicizia, gratitudine e bon amor. A Napoli giera senza padron; el m'ha tegnù in casa soa tre mesi, el m'ha assistido in t'una malattia pericolosa, el m'ha dà bezzi per far el viazo e tornar in ti mi paesi; un fradello no podeva far più de quel che lu l'ha fatto per mi. Son poveromo, ma son galantomo. Me ricordo el ben che ho recevesto, e procuro, se posso, recompensarlo. Se le mie forze podesse, ghe daria mi da magnar. Ma son un povero servitor, gh'ho fameggia, e no lo posso agiutar. Procuro in qualche altra maniera de darghe stato, lo raccomando a tutti e specialmente a sior Pantalon, che avendo viscere de pietà, e essendo inclinà per natura a far del ben l'agiuterà, el soccorrerà sto povero forastier. Sior Pantalon farà col sior Ottavio quello che sior Ottavio ha fatto con mi, per quella rason che al mondo semo tutti fradelli, e se agiutemo un con l'altro, e chi gh'ha la fortuna de star meggio, gh'ha anca l'obbligo de far de più.

PANT. Caro Brighella, no so cossa dir. Savè se son inclinà a far del ben, co posso, e savè che impegno aveva tolto per st'omo; ma el xe un strambazzo. Nol gh'ha giudizio, nol gh'ha prudenza.

BRIGH. Questo l'è el so difetto; el gh'ha poca prudenza. Per altro l'è de un ottimo cuor, incapace de una baronada, disinteressà, virtuoso, e capace de tutto.

PANT. Gnente, caro vu, co nol gh'ha prudenza, nol farà gnente. Vardè che pezzo de matto, andar per spasso a tirar zoso mia fia! El vedeva pur che la giera una povera creatura innocente; el saverà pur che a una testa debole se fa presto delle cattive impression. Orsù, Brighella, in casa mia no lo voggio assolutamente.

BRIGH. Se no la lo vol in casa, pazenzia; ma almanco no la lo abbandona affatto. La lo aggiusta in piazza, la lo spalleggia a far qualche negozietto, tanto ch'el possa tirar avanti per un poco, perché coll'ombra della so assistenza, della so protezion, se pol dar che ghe tocca una fortuna, che non è tanto ordinaria.

PANT. Che vol dir mo?

BRIGH. Ghe dirò, signor, la signora Beatrice, quella signora vedova dove che l'è allozà, la gh'ha della stima de lu, e credo anca dell'amor, e so che la lo sposeria volentiera, ma la vorria che l'avesse qualche ombra d'impiego, qualche principio de fondamento per stabilirse in Bologna: caro sior Pantalon, con poco la lo pol aiutar.

PANT. Ma come sarala co sior Lelio? El dise che el l'ha ferìo. La Giustizia lo cerca.

BRIGH. Niente, signor, avemo giustà ogni cossa. Ho messo de mezzo el mio padron, che la sa che cavalier de impegno che l'è. Sior Lelio se contenta de una piccola sodisfazion, e per la Giustizia la cossa l'è accomodada.

PANT. Cossa voleu che fazza per ello?

BRIGH. La lo impiega in qualcossa. L'è un omo pien d'abilità.

PANT. De conti ho paura che nol ghe ne sappia.

BRIGH. L'è capace de tutto, ghe digo, e po a sior Pantalon no ghe manca el modo. O in t'una casa, o in t'un'altra, col vol, el lo impiegherà. In verità, sior, se la fa sta opera de pietà, el cielo la ricompenserà con usura.

PANT. No so cossa dir. Fèmelo vegnir qua.

BRIGH. Subito el vien, cara ella, ghe lo raccomando.

PANT. Che el me parla schietto, che el me diga la verità, e vederò de assisterlo, de impiegarlo.

BRIGH. No la se dubita, che no l'è capace de dir busie; anzi el so mal maggior l'è quello de dir troppo la verità.

PANT. Certo, che co se xe chiamai a parlar, bisogna dir la verità più tosto che la busia; ma la prudenza insegna a taser, quando la verità ne pol far del mal.

BRIGH. La ghe daga anche ella qualchedun de sti boni arrecordi.

PANT. No ve dubitè; lo tratterò come se el fusse un mio fio.

BRIGH. Sielo benedetto, el me consola. Vado a consolarlo anca lu, e lo mando qua. (E po subito corro da siora Beatrice, a remediar, se posso, quell'altro mal). (*da sé*) Mi per natura son inclinà a far del ben, e a chi m'ha fatto del ben a mi, ghe daria per gratitudine anca el sangue delle mie vene. (*parte*)

SCENA SECONDA

PANTALONE *solo.*

PANT. Brighella xe un omo de cuor, e l'esempio dei boni dispone i altri a far ben; anca mi son inclinà a soccorrer i bisognosi, e l'ho fatto volentiera co sior Ottavio, ma le so male grazie me l'aveva fatto scartar. Brighella me torna a pregar, e me torna a mover a compassion; dove che posso l'agiuterò, ma in casa mia no certo.

SCENA TERZA

OTTAVIO *e detto.*

OTT. Servitor umilissimo, signor Pantalone. (*mortificato*)

PANT. Coss'è, sior? Seu mortificà?

OTT. Assai.

PANT. Vostro danno. Chi v'ha insegnà a parlar co le putte cussì da matto?

OTT. Sono una bestia, lo confesso. L'ho però fatto senza malizia, ve ne domando scusa.

PANT. Vardè se gh'avè giudizio: in tempo che geri qua per far un conto che v'aveva dà da far, lassè el conto da banda, e ve perdè in pettegolezzi?

OTT. Per carità, non mi mortificate d'avvantaggio. Il conto, signore, eccolo qui.

PANT. Elo fatto? (*lo prende*)

OTT. È fatto.

PANT. (Osserva, e legge piano, borbottando, poi dice) Bon, pulito, el conto va ben: diseme, caro sior Ottavio, da galantomo e da omo d'onor. Sto conto l'aveu veramente fatto vu?

OTT. Da galantuomo? Da uomo d'onore? Con questi scongiuri? Non l'ho fatto io.

PANT. Ma donca, con che idea ve seu esebìo de vegnir in tel mio negozio, se no sè franco de sta sorte de conti?

OTT. Vi dirò. Di conti ho qualche infarinatura. Qualche talento io l'ho, sperava in poco tempo francarmi, e non credeva che così subito mi dovesse arrivar addosso un conteggio sì stravagante.

PANT. Vedeu, sior Ottavio? Anca questa la xe poca prudenza esponerse a far una cossa che no se sa, sul fondamento de dir gh'ho del spirito, imparerò.

OTT. E pure col tempo imparerò.

PANT. Sì, imparerè, e invece de pagar el maestro, vorressi trovar un minchion che ve pagasse vu.

OTT. Ma caro signor Pantalone, se voi mi abbandonate, io son disperato. Brighella vi avrà detto...

PANT. Brighella m'ha dito tutto, e el m'ha parlà de vu con tanto amor, e el m'ha tanto savesto dir, che

56

m'ho impegnà de assisterve in quel che posso.

OTT. Signore, per amor del cielo.

PANT. Gran obligazion gh'avè con Brighella, el xe un gran bon omo.

OTT. Sì, è vero. È un uomo di buonissimo cuore. Ha i suoi difetti, ma il fondo è buono.

PANT. Ma che difetti gh'alo?

OTT. È ignorante, ostinato, per altro poi è un buonissimo galantuomo.

PANT. Vu però de un vostro benefattor no doveressi gnanca parlar cussì.

OTT. A dir i suoi difetti, non fo torto alle sue virtù; quel ch'è buono, è buono, quel ch'è cattivo, è
cattivo, e non si può nascondere la verità.

PANT. Ma vol la prudenza, che se loda el ben, e che se tasa o che se dissimula el mal.

OTT. È vero, avete ragione; da qui avanti lo voglio fare. Voglio mettermi anch'io sull'aria dell'adulare.

PANT. No dell'adular, ma del parlar con cautela, con civiltà, con respetto.

OTT. Lo farò, lo farò certamente.

PANT. Se lo farè, sarà ben per vu.

OTT. Caro signor Pantalone, che cosa farete per me? In che cosa m'impiegherete?

PANT. Diseme un poco, se ve mettesse per fattor con un mio amigo, ghe anderessi?

OTT. Oh sì, sarebbe un impiego tagliato al mio dosso.

PANT. Come stemio d'economia?

OTT. Oh signore, ho imparato a mie spese: per non abbadare all'economia, ho distrutto un patrimonio
di quattromila scudi d'entrata.

PANT. Bon negozio!

OTT. Ma ho imparato a mie spese. Mi regolerò.

PANT. Eh fio caro, chi no ha savesto deriger la roba soa, no saverà gnanca deriger quella dei altri. Ve
diletteu gnente de zogar?

OTT. Oh, non giuoco più.

PANT. Ma avè zogà.

OTT. Pur troppo. Il giuoco mi ha rovinato.

PANT. Quanto xe che no zoghè più.

OTT. Un pezzo. Saranno... quattro mesi.

PANT. Che vol dir da dopo che no gh'avè bezzi.

OTT. Oh, non giuoco più.

PANT. Sior Ottavio caro, no so se abbia da dirve in sto proposito, che siè sincero o imprudente, ma la descrizion che andè facendo da vu medesimo, fa cognosser che no sè omo da manizzar.

OTT. Certo che avrei piacer d'un impiego, in cui non si maneggiasse denaro. L'occasione alle volte fa prevaricare.

PANT. Bravo. Za v'ho capio. Ma in cossa ve poderessi impiegar? I vostri studi quai xeli stadi? A cossa aveu applicà?

OTT. Io ho studiato di tutto. Ho applicato a tutto, e so un poco di tutto.

PANT. Vedeu? Anca questo xe mal. Savè un poco de tutto, ma no saverè gnente che staga ben; l'omo che gh'ha giudizio, el studia ben una cossa sola, el se applica a quella principalmente, e se l'impara qualche altra cossa, el se la fa servir de divertimento, e nol confonde le profession.

OTT. Io applicherei volentieri alla letteratura.

PANT. Anderessi per segretario?

OTT. Oh sì, volentierissimamente.

PANT. Lassè far a mi, parlerò al conte Asdrubale: lo conosseu?

OTT. Lo conosco, egli ha bisogno di segretario.

PANT. Savè che el ghe n'ha bisogno?

OTT. E come! È un ignorantaccio che non sa né leggere né scrivere; anderò con lui.

PANT. E cussì parlè de ello?

OTT. Lo dico a voi in confidenza; non mi sente nessuno.

PANT. Oh, voleu che ve la diga? Vedo che sè un pezzo de matto, e de vu no ghe ne vôi più saver.

OTT. Ah signor Pantalone, se voi mi abbandonate, io mi do alla disperazione.

PANT. Cossa voleu che fazza? No vôi per causa vostra aver dei disgusti più grandi de quei che ho abuo.

OTT. Che cosa ho io da fare al mondo, se tutti mi discacciano, se mi disprezzano tutti?

PANT. No gh'aveu siora Beatrice che vi assiste, che ve vol ben?

OTT. Se voi mi abbandonate, anch'essa mi discaccia; son disperato.

PANT. (Coss'oggio da far?) (*da sé*) Sentì... femo cussì... Se intanto ve contentè de quel poco che ve pol dar casa mia...

OTT. Sì, signore, mi contenterò dell'avanzo dei vostri servi.

PANT. Via, quieteve. No ve manderò via: se el cielo no ve provvede, magnerè quel poco che ghe sarà.

OTT. Oh siate benedetto! Mi contenterò d'ogni cosa. In casa non vi sarò disutile. Avrò gli occhi alla vostra economia, alla vostra servitù.

PANT. No, vu no ve n'avè da impazzar.

OTT. Signore, voi ne avete di bisogno. Il vostro spenditore vi ruba; lo so di certo.

PANT. Ma come lo saveu?

OTT. Giuoca, ha una pratica, è un briccone, e so che certamente vi ruba.

PANT. Furbazzo! Lo cazzerò via.

OTT. E il cuoco va d'accordo con lui, e tutti vi rubano.

PANT. Vu me mettè in t'una gran agitazion.

OTT. In fatti è una cosa dura. Voi siete un uomo così sottile che, come si suol dire, scortichereste il pidocchio per avanzar la pelle, e quei bricconi vi rubano!

PANT. Sior Ottavio, questa xe un'insolenza. Mi scortegar el peocchio?

OTT. Per amor del cielo, non ve ne offendete. Questo è un proverbio che si usa per ispiegare l'economia.

PANT. Basta; per far ben, no vorave aver dei disgusti.

SCENA QUARTA

Lo SPENDITORE *di Pantalone, e detti.*

SPEND. Signor... (*a Pantalone*)

PANT. Sior spenditor, sè vegnù a tempo.

SPEND. Signore, presto, per amor del cielo...

PANT. Coss'è stà?

SPEND. La signora Rosaura... Oimè!

PANT. Presto, cossa xe stà?

SPEND. È fuggita di casa, e non si sa dove sia; solo si è rilevato aver ella chiesto ad un bottegaio dove sta di casa il signor Florindo.

PANT. Oh poveretto mi! Presto, mandèghe drio.

SPEND. Subito. (*parte*)

SCENA QUINTA

Pantalone *ed* Ottavio

PANT. Sentìu? Per causa vostra. (*ad Ottavio*)

OTT. Io non l'ho più veduta.

PANT. Ah desgraziada! Se la trovo, la scanno.

OTT. Prudenza, signor Pantalone, prudenza.

PANT. Bisogna trovarla, e far che subito sior Florindo la sposa. Questa xe la maniera de salvar la reputazion della casa.

OTT. Ma non convien che si sappia; badate bene che nessuno lo dica.

PANT. Avviserò tutti che i tasa. Vu, sior Ottavio, che sè facile de lengua, no lo disè a nissun.

OTT. Non vi è pericolo. Sono un uomo, e non sono un ragazzo.

PANT. Voggio andar mi a cercarla.

OTT. Anderò ancor io.

PANT. Chi mai avesse dito, che quella putta così innocente...

OTT. Che innocenza! È maliziosissima.

PANT. No xe vero. La opera con semplicità.

OTT. Voi la credete semplice, ed io dico ch'ella è finta e doppia, di mal cuore e di pessima inclinazione. (*parte*)

PANT. Sentì come el parla de mia fia. Ma dove sarala andada? Gran pericoli, gran suggizion xe le putte in casa! Spiritose mal, ignoranti pezo. Brutte, desgrazia; belle, travaggi. Oh donne, desperazion dei padri, tormento dei marii, precipizio della povera zoventù! (*parte*)

SCENA SESTA

Camera di Beatrice.

60

BRIGH. Siora Beatrice, la creda sicuramente che sior Ottavio gh'ha per ella tutta la stima, tutto el rispetto e tutto l'amor.

BEAT. S'egli avesse della stima e dell'amore per me, non mi porrebbe in ridicolo com'egli fa.

BRIGH. El gh'ha quel natural cattivo de dir la barzelletta co la vien, senza pensarghe suso. Ma finalmente queste no le son cosse da far perder el merito a un omo de quella sorte.

BEAT. In casa mia vuol far troppo da padrone, comanda con troppa autorità, strapazza troppo la servitù.

BRIGH. Questo succede perché la servitù no fa stima de ello, finalmente l'è un omo civil; l'è abattù dalle disgrazie, ma l'è nato ben. Le serve e i servitori gh'ha invidia, perché i lo vede dalla padrona amà e ben accolto. I se tol della libertà; lu l'è delicato, e nol li pol sopportar.

BEATR. Tutte le vostre scuse, tutte le vostre ragioni sono inutili.

BRIGH. Donca l'ha rissolto de volerlo scazzar affatto?

BEATR. No, non ho ancora risoluto di volerlo fare assolutamente. Egli ha un altro difensore più tenero, che in suo favore mi parla.

BRIGH. Chi èlo, signora?

BEATR. Il mio cuore, il quale lo ha amato, e l'ama ancora pur troppo.

BRIGH. Co la ghe vol ben, tutto se aggiusterà.

BEATR. L'amo, è vero, ma non intendo che l'amor mio abbia da superare tutte le altre mie convenienze.

BRIGH. Che vol mo dir, signora?

BEATR. Vuol dire, che non soffrirò ch'egli mi perda il rispetto, che non verrà in casa mia se non colla condizione di conoscere i suoi doveri, e che non vi durerà lungamente, s'egli in Bologna non avrà un impiego conveniente, sicuro e durabile.

BRIGH. Tutte ste cosse la le vederà in effetto. Con ella el sarà umile e rispettoso, come se convien; in casa el starà con quella moderazion che se deve, e circa l'impiego, sior Pantalon m'ha assicurà, che senz'altro el lo averà quanto prima.

BEAT. E il signor Lelio?

BRIGH. Tutto è giustà.

BEAT. Mi dispiace assaissimo l'inconveniente

BRIGH. Accidenti che nasce. Ma ghe digo de certo, che tutto è accomodà.

BEATR. Se il signor Ottavio avesse un poco più di prudenza, sarebbe adorabile.

BRIGH. Qualcossa bisogna donar al temperamento delle persone. Tutti avemo qualche difetto.

BEAT. Ma i suoi sono troppo grandi.

BRIGH. El se correggerà, no la se dubita. La vederà.

SCENA SETTIMA

CORALLINA *e detti.*

COR. Signora padrona, un pazzo simile non l'ho mai veduto.

BEAT. Di chi parli?

COR. Del signor Ottavio.

BRIGH. Coss'alo fatto?

COR. Andate a vederlo, se volete aver gusto.

BEAT. Dove?

COR. È giù nella strada, che fa ridere quelli che passano. Ha picchiato alla porta, e voleva entrare. Io gli ho detto, per ordine vostro, che non gli doveva aprire...

BRIGH. Una bella cossa! (*a Corallina*)

COR. La padrona me lo ha comandato.

BEAT. È vero, in atto di collera; e così, che cosa è stato?

COR. Quest'uomo ha dato nelle smanie, si è messo a piangere...

BEAT. In mezzo alla strada?

BRIGH. Poverazzo! l'è innamorà.

COR. Peggio; son passati di quelli che lo conoscono; gli hanno dimandato che cosa aveva, ed egli a tutti diceva: la signora Beatrice non mi vuole, mi ha scacciato di casa; son disperato.

BEAT. Che pazzia è codesta?

BRIGH. L'amor, signora, l'amor fa far de ste cosse. Cara ella, per carità la permetta che el vegna su, la lo ascolta, la lo consola...

COR. Eh, se è pazzo, vada a farsi legare.

BRIGH. Vu no gh'intrè, siora. Via, siora Beatrice, ghe va del so decoro, della so estimazion. Finalmente cossa mai gh'alo fatto? La vede che l'è innamorà, poveretto, che per l'amor el fa de sta sorte de

62

bestialità. Vorla ridurlo all'ultima desperazion?

COR. Con queste vostre ciarle...

BEAT. Chetati. Fatelo venire. (*a Brighella*)

BRIGH. Brava. La usa st'altro atto de carità.

BEAT. Sì, voglio usargli carità; ma per l'ultima volta. Se torna ad irritarmi, ditegli che non vi sarà più rimedio.

BRIGH. Ghe lo dirò. La vederà. No gh'è pericolo. Vado subito. (Anca questa ghe l'ho giustada, ma son debotto stufo anca mi). (*da sé, parte*)

SCENA OTTAVA

BEATRICE *e* CORALLINA

COR. Signora padrona?

BEAT. Che c'è?

COR. Non ne avete avute abbastanza delle male grazie?

BEAT. Bada a te.

COR. Non parlo.

BEAT. (Ancora l'amo ancora mi fa pietà). (*a sé*)

COR. (Ora si monterà in superbia). (*da sé*)

BEAT. Che dici?

COR. Niente, signora. Il signor Lelio è col braccio al collo.

BEAT. Me ne dispiace. Ma con il signor Ottavio si è pacificato.

COR. Il signor Ottavio è fortunato.

SCENA NONA

OTTAVIO e dette.

OTT. Signora, eccomi qui. Vi domando perdono. Scordatevi d'ogni mia debolezza. Non mi private della vostra grazia, e se una volta mi faceste sperare le vostre nozze...

BEAT. (Zitto, che diavolo dite?) (*piano ad Ottavio, mostrandogli Corallina*)

OTT. (Maladetta costei! Non l'aveva veduta). (*da sé*)

BEAT. Vattene. (*a Corallina*)

COR. Sì, signora. (Crede che non si sappiano i suoi pasticci: sì, sì, lo sposi, che le toccherà un bel terno). (*da sé, parte*)

SCENA DECIMA

BEATRICE e OTTAVIO

BEAT. V'ho pur detto, che niuno ha da sapere... (*ad Ottavio*)

OTT. Compatitemi: la passione, il dolore, la confusione mi avevano tolto la vista. Eccomi qui, signora, eccomi nelle vostre braccia. Voi mi potete dare la vita: voi mi potete dare la morte.

BEAT. Se faceste capitale dell'amor mio, non sareste a questi passi venuto.

OTT. Io vi amo colla maggior tenerezza del mondo.

BEAT. Come si può accordar l'amor vostro colle insolenze che voi mi dite?

OTT. Io non vi ho detto insolenze. Siete voi, signora Beatrice, che interpretando le cose a rovescio...

BEAT. Già, io sono una pazza.

OTT. No... compatitemi... io sono uno stolido, che non sa parlare...

BEAT. Orsù, lasciamo andare per ora. Il signor Pantalone de' Bisognosi vi ha trovato l'impiego?

OTT. Non l'ha trovato; ma lo troverà.

BEAT. E intanto...

OTT. Intanto vi dirò. Sul dubbio che voi non mi voleste in casa, mi sono ad esso raccomandato, ed egli mi ha esibito l'alloggio, la tavola e tutto il mio bisognevole.

BEAT. Dunque non avete più bisogno di me?

64

OTT. Io? Sto con voi... Quelle pietanze che mi potete dar voi, non me le può dare il signor Pantalone.

BEAT. No, no, starete meglio coll'amabile compagnia della signora Rosaura.

OTT. Eh, la signora Rosaura è andata...

BEAT. Dov'è? In ritiro?

OTT. Sì, altro che ritiro!

BEAT. Vi è qualche novità?

OTT. Novità non piccola. È fuggita.

BEAT. Quando? Come?

OTT. Non sarà un'ora ch'ella è fuggita di casa, dietro certo Florindo degli Aretusi.

BEAT. Lo conosco. Oh diamine! Chi l'avesse mai detto, che quella giovane sì modesta, sì semplice...

OTT. Se tanto fanno le semplici, figuriamoci poi che cosa faranno le spiritose.

BEAT. (Mi pare impossibile). (*da sé*)

OTT. Ecco qui, anche questa ve la prendete per voi.

BEATR. No, io non me lo sognava: ma voi mi mettete in malizia. Dunque si può temer di peggio dalle spiritose.

OTT. Da uno spirito regolato e prudente, siccome il vostro, non si può sperare che azioni buone, eroiche ed esemplari.

BEAT. Grazie della burla.

OTT. (Vorrei imparar a adulare, ma non ci ho grazia). (*da sé*)

BEAT. Che dice il povero signor Pantalone?

OTT. Si dispera; ma suo danno.

BEAT. Perché suo danno?

OTT. Perché doveva maritarla. Quando io l'ho esaminata a quattr'occhi, e le ho fatti certi discorsi, me ne sono avveduto benissimo, ch'ella voleva marito.

BEAT. Avete avuto per lei dell'amore?

OTT. Se avessi voluto! Ma! Non vi è pericolo. Son tutto vostro.

BEAT. (Non sono libera da' miei sospetti). (*da sé*)

OTT. Cara signora Beatrice, mi avete perdonato?

BEAT. Sì, vi ho perdonato.

OTT. Io, dopo che mi son veduta aprire la porta di casa, mi si è anche aperto il cuore, e giubbilo dall'allegrezza.

BEAT. (Voglio assicurarmi). (*da sé*)

OTT. Ma voi siete lì ingrugnata, che parete la balia di Radamanto.

BEAT. Grazioso al solito!

OTT. Me la vo' mordere questa linguaccia del diavolo! (Non mi posso tenere). (*da sé*)

BEAT. (Anderò io dal signor Pantalone). (*da sé*)

OTT. Via, finalmente siamo soli. Quando non vi è nessuno, datemi licenza ch'io possa dir qualche barzelletta.

BEAT. Trattenetevi, signor Ottavio, che or ora torno.

OTT. Andate fuori di casa?

BEAT. Vo qui da una mia vicina. Torno a momenti.

OTT. Accomodatevi; ma non mi fate aspettar sino a sera.

BEAT. Tornerò presto. (Il cuor mi dice ch'io non gli creda). (*da sé, parte*)

SCENA UNDICESIMA

OTTAVIO *solo.*

OTT. Bisogna poi dirla, ch'io piuttosto son fortunato. Per due o tre delle mie vivezze aveva perso in un giorno e la grazia di Beatrice, e quella del signor Pantalone; lode al cielo, ho ricuperata l'una e l'altra, e spero con questi due appoggi stabilire la mia fortuna. Brighella in verità ha fatto assai per me, gli sono veramente obbligato. A suo tempo lo saprò riconoscere. Quando ne ho, non mi lascio vincer da nessuno. Così avessi tenuto conto del mio, come ora sarei in grado di darne, e non di andare, si può dir, mendicando. Eh, da qui innanzi avrò giudizio; sarò cauto, sarò prudente.

SCENA DODICESIMA

CORALLINA *e detto.*

COR. (Eccolo qui quel suggettaccio). (*da sé*)

OTT. Signora Corallina, la riverisco.

COR. Serva sua divotissima. (*con ironia caricata*)

OTT. Padrona mia sguaiatissima.

COR. È un signore molto grazioso vossignoria.

OTT. I suoi riflessi signora.

COR. Eh, io non sono né bella, né graziosa, né spiritosa.

OTT. Ho tanto rispetto per lei, che non ardisco di darle contro.

COR. Ma con tutto questo, ho più denari in tasca che lei.

OTT. Oh senz'altro. Fra il salario, gli avanzi di tavola, le chiavi della dispensa, quelle della cantina, qualche ambasciata, qualche viglietto amoroso, chi ha spirito fa denari.

COR. Come! Io una ladra? Io una mezzana? Mi maraviglio di voi. Sono una fanciulla onorata.

OTT. Ditemi la verità, che cosa frutta più? La dispensa, la cantina, o l'acciarino? (*fa il cenno di batter l'acciarino*)

COR. Cos'è questo battere l'acciarino? Con questa impertinenza offendete me, offendete la mia padrona.

OTT. Ambasciate amorose a lei non ne avete mai fatte?

COR. Signor no, mai.

OTT. La vostra padrona è tanto sincera, che non le darebbe l'animo di dir così.

COR. Sentite che impertinenza!

OTT. Ma quando sarà mia moglie, vossignoria averà finito.

COR. Si fanno dunque queste nozze?

OTT. Si fanno, non si fanno... Dico che se la signora Beatrice fosse mia moglie, le ambasciate sarebbero finite.

COR. Eh sì, queste nozze si faranno senz'altro.

OTT. Perché, signora?

COR. Perché dice il proverbio, che le donne si attaccano sempre al peggio.

OTT. Ella ha fatto così, quando ha preso voi per cameriera.

COR. Povera padrona! se ne accorgerà.

OTT. Non vi è pericolo che si accorga di niente.

COR. No, perché?

OTT. Non si è mai accorta d'avere una temeraria per serva.

COR. È vero, è vero; non si accorge nemmeno d'avere alla sua tavola uno scroccone.

OTT. Si accorgerà bene quando tu averai la testa in due pezzi.

COR. Può essere che veda voi senza un occhio.

OTT. Corallina! (*minacciandola*)

COR. Signor Ottavio...

OTT. Voglio usar prudenza.

COR. Oh, la signora Prudenza voi non la conoscete.

OTT. Sì, è vero, non sono stato prudente quando ho trattata voi da principio con troppa cortesia, con troppa confidenza. Dice bene il proverbio: chi lava la testa all'asino, perde il ranno e il sapone.

COR. È vero, la mia padrona ha fatto così con voi.

OTT. Tu di questo pane ne mangerai poco più.

COR. Se io non mangerò di questo, non me ne mancherà altrove. Ma voi, se la padrona vi dà lo sbratto, anderete a far la birba.

OTT. Povera sciocca! Io ho il signor Pantalone de' Bisognosi, che mi dà casa e tavola, e quanto voglio.

COR. Io non vi credo una maladetta.

OTT. A me non importa che tu lo creda o no.

COR. Gli è che non lo crede nemmen la padrona.

OTT. Sei una sciocca, ella lo crede, e lo sa di certo.

COR. Se lo credesse, non anderebbe ella in persona dal signor Pantalone per assicurarsene.

OTT. Vuol andar dal signor Pantalone?

COR. Anzi vi è andata.

OTT. Quando?

COR. Ora in questo momento.

OTT. (Diavolo! A far che?) (*da sé*)

COR. (Oh, come è restato brutto!) (*da sé*) Avete paura che si scoprano le vostre bugie, eh!

OTT. Sei un'impertinente. Io non son capace di dir bugie.

COR. Basta. La padrona non vi crede.

OTT. (Non vorrei ch'ella dicesse averle io confidato la fuga della signora Rosaura; ma non averà sì poca prudenza). (*da sé*)

COR. Certamente vi è qualche imbroglio.

OTT. Presto, presto. Anderò prima di lei. (*vuol partire*)

COR. Se ne va, signore?

OTT. Padrona sì.

COR. A rotta di collo.

OTT. Giuro al cielo, ti romperò la testa.

COR. Se ardirete toccarmi, povero voi.

OTT. Lingua maladetta.

COR. Scroccone, insolente. (*fugge sia*)

OTT. Eh, corpo di bacco. (*le corre dietro col bastone, glielo tira, e rompe lo specchio di dentro*)

SCENA TREDICESIMA

OTTAVIO *solo.*

OTT. Oh diamine! Ho rotto lo specchio grande. Che dirà la signora Beatrice? Maladetta colei, per sua cagione... Se potessi impedire che la signora Beatrice almeno non risapesse il modo... ma intanto, se la signora Beatrice parla col signor Pantalone? Presto, ho perso del tempo soverchiamente. Chi sa se arriverò più a tempo! Oh quant'imbrogli, quante disgrazie! piucché procuro di usar prudenza, sempre mi torna peggio. (*parte*)

SCENA QUATTORDICESIMA

Camera in casa di Pantalone.

PANTALONE *e* ROSAURA

PANT. Vien qua, vien qua, desgraziada. Te vòi parlar a quattro occhi.

ROS. Signor padre, non mi date. Non lo farò più.

PANT. Te par una bella azion quella che ti ha fatto? Andar fora de casa sola, co fa una matta, senza che mi, né nissun lo sappia? Andar a casa d'un zovene, che no xe to marìo? Lassar in t'un mar d'affanni el to povero pare? Metter a rischio la toa e la mia reputazion? Farte ridicola a tutto el mondo? Manco mal che nissun lo sa, che sior Florindo istesso, che gh'ha giudizio e fin de reputazion, t'ha tornà a menar da to pare, che col matrimonio se remedierà el desordene e quel che xe stà, xe stà. Ma anca maridada che ti sarà, arrecordate che ste cosse le xe indegne de una donna onorata, che el respetto che prima ti portavi a to pare, da qua avanti ti l'ha da portar al marìo, che altri omeni no ti ghe n'ha da vardar, e sora tutto t'ha da premer l'amor del marìo, la pase della to casa, e la reputazion de tutta la to fameggia. M'astu inteso? M'astu capìo?

ROS. Il signor Florindo è restato di là?

PANT. Sì! Tanto fa parlar con un legno. Va là, el cielo te benediga, e el cielo ghe la manda bona a quel pampalugo che te sposerà.

ROS. Signor padre, il mio sposo?

PANT. El to sposo adesso el vegnirà. (*con caricatura*)

ROS. Mi burlate?

PANT. Siben che la xe mia fia, la me fa una rabbia maledetta, e al sior Florindo la ghe piase: me par ancora impussibile.

SCENA QUINDICESIMA

Lo SPENDITORE *e detti.*

SPEND. Signore, è qui il signor Lelio che vorrebbe riverirla.

PANT. Patron, che el resta servido.

ROS. Chi! Il mio sposo dov'è?

SPEND. È andato fuori di casa. (*parte*)

SCENA SEDICESIMA

PANTALONE *e* ROSAURA

ROS. Voglio andar ancor io.

PANT. Estu matta?

ROS. Ma io...

PANT. Aspèttelo, che el vegnirà.

ROS. Anderò intanto...

PANT. A cossa far?

ROS. A salutare la mia bambola.

PANT. (Vardé che sesto de muggier!) Siora no. Stè qua, (Se la lasso andar via, la fa qualche strambezzo. No vedo l'ora che Florindo la sposa, e che el me leva sto spin dai occhi. (*da sé*)

SCENA DICIASSETTESIMA

LELIO *e detti.*

LEL. Signore, scusate se vengo ad incomodarvi.

PANT. Patron, me maraveggio. In cossa la pòssio servir?

ROS. (Signor padre). (*piano*)

PANT. (Cosse gh'è?)

ROS. (Se il signor Florindo non torna, prenderò questo). (*piano*)

PANT. (Se pol sentir de pezo? Aspèttelo, che el tornerà). (*da sé*) E cussì la diga, sior.

LEL. Avete saputo l'insulto fattomi dal signor Ottavio?

PANT. Ho savesto, e i m'ha anca dito, che tutto giera giustà.

LEL. Io veramente ho donato tutto a un cavaliere che mi può comandare, ma colla condizione però, che Ottavio mi dovesse fare un atto di scusa in presenza del cavaliere medesimo e d'altri di lui amici. Sono quattr'ore che sei cavalieri lo aspettano, ed egli non si è veduto. Tutti sono irritati, ed hanno messo me in libertà di far qualunque risentimento. So che voi proteggete codesto pazzo, e però, prima di risolvere cosa alcuna, per quel rispetto che a voi professo, vengo a dirvi, che se consigliato da voi non farà il suo dovere, farò io verso di lui quello che mi suggerirà il mio decoro.

ROS. (Non ho inteso neanche una parola). (*da sé*)

PANT. Sior, la ringrazio della bontà che la gh'ha per mi. Sior Ottavio l'ho assistìo e lo assisto per atto puro de bon amor, e col vegnirà, ghe parlerò, e quel che poderò far per la pase, per la giustizia, la se assicura che lo farò.

SCENA DICIOTTESIMA

Lo SPENDITORE *e detti.*

SPEND. Signore, la signora Beatrice vorrebbe riverirla.

PANT. Che la resta servida.

ROS. È tornato il signor Florindo?

SPEND. Signora no. (*parte*)

SCENA DICIANNOVESIMA

ROSAURA, PANTALONE *e* LELIO

ROS. Non torna mai. Signore, siete sposo voi? (*a Lelio*)

PANT. Zitta là. (*a Rosaura*)

LEL. No, signora, perché?

PANT. La prego de parlar con mi. La ferida xela cattiva?

LEL. Il male della ferita è leggiero: ma l'azione è stata briccona. Mi assaltò con una furia da disperato.

PANT. E per cossa?

LEL. Per gelosia di quella vedova, che ora viene da voi.

BEATRICE *e detti.*

BEAT. Perdonate, signore.

PANT. La xe patrona.

BEAT. (Come! Qui Rosaura? Ottavio dunque è bugiardo). (*da sé*)

LEL. Ecco, signora Beatrice: per causa vostra. (*le mostra il braccio*)

BEAT. Credetemi, che ho udito il caso col maggior dispiacere del mondo.

LEL. Io sarò sempre in ogni modo adoratore del vostro merito.

BEAT. Troppa bontà. Favorisca, signor Pantalone: è vero che ella ha esibito al signor Ottavio la casa e la tavola?

PANT. Siora sì, per atto de carità; perché scazzà da ella nol saveva più come far.

BEAT. (Indegno! Voleva uscire da me, per avere la compagnia di Rosaura!) (*da sé*)

LEL. Vi preme molto questo signor Ottavio.

BEAT. Mi preme che il signor Pantalone gli dia ricovero, per liberarmene.

LEL. Se così fosse...

PANT. Ma mi non intendo farlo per sempre.

BEAT. (Dica, signor Pantalone, perdoni la libertà. È vero che la signora Rosaura sua figlia fosse fuggita di casa?) (*piano a Pantalone*)

PANT. (Chi gh'ha dito sta cossa?) (*piano a Beatrice*)

BEAT. (Mi è stata detta). (*come sopra*)

PANT. (Anca sì, che ghe l'ha dita sior Ottavio?) (*come sopra*)

BEAT. (È la verità dunque?) (*come sopra*)

PANT. (Oh tocco de desgrazià! Se pol far pezo! In casa mia no ghe lo voggio più). (*da sé*)

BEATR. (Ottavio non mi ha detto il falso. Per questa parte non posso dir che sia reo). (*da sé*)

LEL. Cara signora Beatrice, se aveste della bontà per me.

BEAT. A miglior tempo, signor Lelio. (*sostenuta*)

PANT. Oh che lengua! Oh che omo! Oh che desgrazià! Siora sì, za che el se sa, lo digo in pubblico, no scondo la verità. Mia fia innamorada, debole de temperamento, e dolce de cuor, no vedendo el so sposo, la lo xe andada a trovar. E per questo ala fatto un gran mal? El xe el so novizzo, e presto la lo sposerà. E sto tocco de baron l'ha d'andar a disonorar mia fia e la mia casa, disendo che l'è scampada?

SCENA VENTUNESIMA

OTTAVIO *e detti.*

OTT. Una parola, signora Beatrice.

PANT. Cossa feu qua? Cossa voleu qua, sior chiachiaron, sior omo ingrato, senza prudenza e senza reputazion?

OTT. A me?

PANT. A vu, sior sì, a vu. Cossa seu andà a dir a siora Beatrice?

OTT. Di che?

PANT. Che mia fia giera scampada via?

OTT. V'era bisogno che lo veniste a dire al signor Pantalone? Ciarliera, imprudente. (*a Beatrice*)

BEAT. Indegno! A me si perde il rispetto?

OTT. Se a voi ho fatto tal confidenza, non dovevate dirlo.

SCENA VENTIDUESIMA

CORALLINA *e detti.*

COR. Signora padrona. Sapete che cosa ha fatto il signor Ottavio?

OTT. Taci lì. (*a Corallina*)

BEAT. Che ha fatto?

COR. Mi ha strapazzata. Mi ha tirato un bastone, mi ha colpita nella testa, e poi ha rotto lo specchio.

BEAT. Anche lo specchio?

OTT. Ve lo pagherò.

COR. Con quali denari?

OTT. Maladetta! Me la pagherai.

SCENA VENTITREESIMA

FLORINDO *e detti.*

FLOR. Eccomi qui

ROS. Eccolo, eccolo.

PANT. Presto, deve la man da sposi.

FLOR. Ma non volete aspettare... (*a Pantalone*)

PANT. No gh'è altro aspettar, subito deghe la man.

FLOR. Per me son pronto. Che dice la signora Rosaura?

ROS. Io ve l'avrei data, che sarebbe un pezzo.

FLOR. Ecco la mano.

ROS. Sì, eccola.

PANT. Sè mario e muggier. Vedeu, siori? (*a Lelio e a Beatrice*) Per questo mia fia giera andada in traccia de lu, perché el doveva esser el so caro marìo. E vu, sior tocco de desgrazià, che avè messo alla berlina do volte la mia reputazion, andè via de sta casa, e no ghe vegnì mai più, se no volè che ve fazza romper i brazzi.

OTT. Signora Beatrice...

BEAT. Beatrice non è più per voi. La vostra temerità, la vostra audacia, scancella affatto ogni tenerezza che ho provata per voi: manderò qui le vostre robe.

PANT. Qua no, la veda: qua nol ghe sta più.

COR. Tutti i suoi mobili stanno in una calzetta.

BEATR. Andiamo, signor Lelio. (*gli dà la mano*) E voi, uomo ingrato, uomo di mal costume, che ardite vilipendere chi vi ha fatto del bene, non vi accostate più alla mia casa, se non volete ch'io vi faccia fare qualche brutto giuoco. (Tremo nel dirlo, ma la mia reputazione lo vuole). (*da sé, parte*)

LEL. E degli insulti a me fatti, fuori di qui me ne renderai conto. (*parte*)

COR. Ah, ah, ah, signor scroccone! (*ridendogli in faccia*)

OTT. Giuro al cielo, non mi insultare. (*le va contro; Pantalone lo tiene*)

COR. Eh chiacchierone, non mi cucchi più. (*parte*)

FLOR. Anche a me renderete conto...

PANT. Gnente, lassè che el vaga; e no ve ne impazzè co sto matto.

FLOR. Basta. Ringraziate il signor Pantalone. (*parte*)

ROS. Sposo, Sposo, Sposo, (*gli corre dietro, e parte*)

OTT. Ah signor Pantalone...

PANT. No gh'è altro sior Pantalon. Andè via de sta casa, se no volè che ve fazza portar.

SCENA VENTIQUATTRESIMA

BRIGHELLA, PANTALONE *ed* OTTAVIO

BRIGH. Cossa gh'è, coss'è stà? Sempre cosse nove.

OTT. Ah Brighella, aiutatemi.

PANT. Sì, aiutèlo sto omo grato, sto omo da ben, che po el dirà in premio dei vostri benefizi, che sè ignorante e ustinà.

BRIGH. A mi sta roba?

PANT. Brighella, menémelo via de qua; e za che vu sè stà quello che me l'ha introdotto, siè quello anca che lo fazza partir, se no volè véder un omo raccomandà da vu, andar via colla testa rotta. Via, lengua de vacca. (*parte*)

<h1 style="text-align:center">SCENA ULTIMA</h1>

Ottavio e Brighella

OTT. Sono stordito. Non so in qual mondo mi sia.

BRIGH. Sior Ottavio, l'è finia. Bisogna tor suso el bastonzello, e andarsene via da Bologna. Per ultimo atto de carità, ve compagnerò mi fora della porta, acciò che chi avè offeso, no se vendica sora de vu, e siben che disè che son un avaro, ve darò anca qualche soldo, da viver tre o quattro dì.

OTT. Ma che ho fatto di male? Non ho rubato, non ho ingannato il prossimo, non ho calunniato, anzi ho sempre detta la verità.

BRIGH. Sior Ottavio, ve l'ho sempre dito, e ve lo digo per l'ultima volta. Tutta la causa del vostro mal xe la vostra lengua imprudente.

OTT. È vero: lo conosco, lo confesso, e mi merito peggio. La natura mi ha dati doni bastanti per esser uomo di garbo. La fortuna mi ha assistito per far comparsa nel mondo. Ho avuti amici, ho avute protezioni ed aiuti; ma tutto ho perso per l'imprudente loquacità, la quale mi ha rovinato sempre con qualche miserabile Contrattempo.

Fine della Commedia